JACOPO MARELLI

ILS SONT FORTS, OH, OUI, ILS SONT FORTS!

IL PIROSCAFO ARTIGLIO E LE SUE CONQUISTE

AUTORE

Jacopo Marelli, nato a Saronno (VA) il 19 Dicembre del 1991. Attualmente vive a Parabiago (MI). Laureato in Scienze Storiche presso l'Università degli Studi di Milano nel dicembre 2016, con una specializzazione in Storia Contemporanea e una tesi magistrale sui palombari dell'Artiglio. Per le ricerche e la stesura del testo si è avvalso della collaborazione dell'Università, del Rotary Club Viareggio-Versilia e con il Museo della Marineria di Viareggio. Jacopo è anche musicista e suona il basso elettrico in un gruppo ska punk milanese, gli Skassapunka.

NOTE EDITORIALI

LICENSES COMMONS

RINGRAZIAMENTI

Vorrei cogliere l'occasione per ringraziare tutti coloro che mi hanno seguito, aiutato, supportato e sopportato in tutto questo percorso. Iniziando con i miei relatori, la professoressa Emanuela Scarpellini e il professor Alfredo Canavero.

Vorrei poi ringraziare Mariagrazia Cicardi e tutti i componenti del Rotary Club Viareggio Versilia, che sono stati disponibilissimi a fornirmi materiali e racconti molto utili per il mio lavoro. Un ringraziamento speciale al dottor Boris Giannaccini, a cui devo molto, al dottor Sauro Sodini e al dottor Zefiro. Un ringraziamento va anche al signor Andrea Bertini, per avermi donato una pagina del diario del padre, raffigurante l'impresa del recupero della salma di Tomaso dal Molin.

Un ringraziamento veramente speciale a quelli che mi hanno sostenuto e sopportato ogni giorno, ad iniziare dai miei genitori, Francesco e Raffaella, mia sorella Marta, e tutti i parenti.

Non sarei riuscito a fare nulla di tutto ciò senza il supporto speciale della mia ragazza Chiara, che mi è sempre stata vicina e mi ha aiutato immensamente durante tutto questo periodo.

Grazie anche a tutti i miei amici, Francesco, Davide, Andrea R., Andrea C., Bruno, Luca, Nicolò, Gabriele, Simone, Daniele, Alessandro, Mauro e tutti gli altri.

Grazie anche ai miei colleghi storici Giovanni e Martina, e ai miei colleghi musicali, gli SKASSAPUNKA, Alberto, Mattia, Fulvio, Federico, Riccardo e Matteo. E al fortissimo Maurizio.

Un ringraziamento va anche a tutti i componenti dell'*Artiglio*, del *Rostro*, del *Raffio*, ad Alberto Gianni, a Giovanni Quaglia, a David Scott, che mi hanno fatto vivere avventure davvero incredibili e indelebili. Al museo della marineria di Viareggio e al portale della regione Toscana.

Titolo: **ILS SONT FORTS, OH, OUI, ILS SONT FORTS!** *Il piroscafo Artiglio e le sue conquiste* di Jacopo Marelli.
ISBN code: 97888932724005 Prima edizione Dicembre 2018
Code.: **SPS-048** Cover & Art Design: Luca S. Cristini & Anna Cristini
STORIA is a trademark of Luca Cristini Editore, via Orio 35/4 - 24050 Zanica (BG) ITALY. www.soldiershop.com

ILS SONT FORTS, OH, OUI, ILS SONT FORTS!

IL PIROSCAFO ARTIGLIO E LE SUE CONQUISTE

INDICE:

INTRODUZIONE

Quando ho sentito per la prima volta parlare dell'*Artiglio* e dei palombari di Viareggio, delle loro incredibili imprese, del recupero di un tesoro dato per definitivamente perso, quello del transatlantico inglese *Egypt*, non ho prestato molta attenzione alla cosa. Sarà una cosa banale, è impossibile farci un intero lavoro di tesi su questo argomento, ho pensato.

Ho poi deciso di informarmi un po' meglio, di cominciare a cercare qualcosa.

Mai mi sono sbagliato così tanto come in questo caso. Mi si è aperto un mondo davanti; un mondo fatto di eroismo e umanità, di genialità e ordinarietà. Portando avanti questo lavoro, questa mia ricerca, mi è sembrato quasi di vivere le stesse esperienze degli uomini dell'*Artiglio*, di condividere con loro gioie e timori, gloria e paura. Fino alla fine.

Ho avuto l'onore di incontrare, a Viareggio, patria di questa leggendaria storia, molte persone, molti discendenti dei mitici palombari. Il loro aiuto è stato fondamentale per il prosieguo della mia ricerca. Dopo questi incontri ho preso la mia decisione: anche io volevo dare il mio contributo per portare avanti la loro memoria. Non può andare persa. Sarebbe una cosa imperdonabile. Così è nato questo lavoro. Da una semplice curiosità è diventata quasi una missione, e spero di essere riuscito a rendere bene l'idea di cosa siano stati Giovanni Quaglia, il capo palombaro Alberto Gianni e i loro compagni per la storia non solo dell'Italia, ma del mondo nella sua totalità. In questi mesi di lavoro mi sono stati di grande aiuto i testi di David Scott, "*Con i palombari dell'Artiglio*" (che tratta la storia del primo Artiglio e del suo equipaggio, vale a dire Gianni, Franceschi, Raffaelli e soci, dall'inizio della loro avventura fino al fatidico 7 dicembre 1930) e "*L'Artiglio e l'oro dell'Egypt*"[1] (che si concentra sul recupero, appunto, del leggendario oro trasportato dalla nave inglese) e *L'Artiglio ha confessato*, di Silvio Micheli. Inoltre un immenso sostegno mi è stato fornito sia dai racconti che dai testi del viareggino Boris Giannaccini, che ha dedicato la vita al tramandamento e allo studio dell'*Artiglio*.

Non avrei potuto fare a meno anche di tutte le notizie, di tutti i racconti sentiti nelle mie trasferte a Viareggio, soprattutto al fantastico museo della marineria, intitolato, non a caso, ad Alberto Gianni. Vengo ora alla mia tesi.

Partendo dal titolo, "*Ils sont fort, ah, oui, ils sont forts*" – *il piroscafo Artiglio e le sue conquiste*", illustrerò questa tesi. Ho scelto questo titolo, un'affermazione del capitano del vaporetto che portò David Scott, giornalista del Times di Londra, a bordo dell'Artiglio[2], perché mi sembra che questa frase sia molto efficace, riassuma benissimo come l'equipaggio dell'Artiglio appariva, non solo al vecchio capitano bretone, ma al mondo intero. Uomini forti, tenaci, capaci, intelligenti e coraggiosi. Uomini che sono riusciti ad arrivare là dove nessun altro era mai arrivato. Uomini che sono diventati eroi, leggende. Ma di cui purtroppo si rischia di perdere la memoria. Ma torniamo al lavoro.

Lo schema che ho seguito è molto semplice; il punto di partenza è stata la situazione storico-economico-politica dell'Italia dei primi anni della dittatura fascista, dove ho preso in considerazione il rapporto tra industriali e fascismo nei primi anni del ventennio, vale a dire circa dalla marcia su Roma dell'ottobre 1922 agli anni in cui la *Società di Ricuperi Marittimi* fondata

---

1 Che ho trovato in lingua originale, in un'edizione del 1932.
2 D. Scott, *Con i palombari dell'Artiglio*, Marco del Bucchia Editore, Massarosa (LU), 2015, cit. p. 54.

dal commendatore Giovanni Quaglia, fece la sua comparsa, cioè nel 1925. La parte centrale riguarderà ovviamente l'*Artiglio*, il suo equipaggio e le sue imprese. Ho voluto però provare a fare qualcosa di diverso: a concentrarmi di più, cioè, sugli aspetti tecnologici, ovvero sulle innovazioni introdotte dal Gianni sulla nave, e sulla parte mediatica, ossia le reazioni che si ebbero nel resto del mondo alla notizia che l'*Artiglio* aveva trovato l'irrintracciabile *Egypt*.

Sono venuto in contatto, cosa a dir poco emozionante, con i disegni, i calcoli, i progetti di Alberto Gianni, conservati nel museo della Marineria, a Viareggio. Riportò, in fondo a questo volume, alcuni di essi.

Per la parte giornalistica, invece, oltre ai libri di David Scott, , ho avuto la fortuna di poter utilizzare anche un supporto iconografico: le prime pagine degli inserti domenicali di vari quotidiani, italiani e non, come "La domenica del Corriere", che più volte si è interessata alla vicenda sia dell'Artiglio che del suo capo palombaro Alberto Gianni, o "L'illustrazione del popolo", di cui sono fortunatamente riuscito a recuperare una copia della domenica 10 Luglio 1932, in cui è rappresentato l'equipaggio dell'*Artiglio II* in raccoglimento per un minuto di silenzio in ricordo dei compagni caduti, mentre i primi lingotti dell'oro dell'*Egypt* vengono portati alla luce del sole. Di questa copia ho recuperato non solo la prima pagina, ma il giornale intero (è stata un'emozione grandissima trovarmelo tra le mani). Ho recuperato inoltre la prima pagina di un giornale umoristico inglese.

Come detto, nel capitolo iniziale presenterò brevemente lo scenario generale dell'Italia degli anni dal 1922 al 1925, con un occhio di riguardo per il rapporto tra industriali privati e stato fascista; cosa che avrà una grande influenza sulla vita della So.Ri.Ma. e della sua flotta, in quanto il fondatore, il commendatore Giovanni Quaglia, era una figura di spicco nel panorama industriale italiano, e, soprattutto, nelle alte sfere della dittatura. Questo gli portò non pochi privilegi, tra cui il monopolio dei recuperi nel mediterraneo.

Sono entrato quindi più a fondo prima nel mondo della marineria italiana, trattando in particolare la storia del porto di Viareggio, che sarà il centro di formazione assieme al Varignano di La Spezia, dei nostri palombari. Anche il porto di Viareggio ho scoperto essere un luogo brulicante di storia. Storia che parte addirittura dal XII secolo! La storia del porto mi è servita per arrivare poi a parlare della fondazione della Sorima, da parte del commendatore Giovanni Quaglia, avvenuta l'11 ottobre del 1926 a Genova.

Da questa, e soprattutto dal suo fondatore, avrà inizio la fortunatissima stagione dei recuperi marittimi, che riguarderà Viareggio, *in primis*, e, addirittura il mondo intero. La risonanza mediatica delle imprese dell'*Artiglio* e delle altre navi della società genovese sarà impressionante. Basti pensare che un inviato del quotidiano inglese *Times*, David Scott, a cui dobbiamo i fortunatissimi e dettagliatissimi racconti dei fatti, fu a bordo sia del primo che del secondo *Artiglio*. Divenne intimo dei palombari, che lasceranno in lui, come in tutti quelli che, direttamente o indirettamente, hanno avuto a che fare con loro (il sottoscritto compreso) un ricordo indelebile impresso nel cuore e nella mente. Ho analizzato poi la storia, l'evoluzione del mestiere che sarà al centro di tutte le imprese di quegli anni, ossia il palombaro.

Ovviamente tutto prendere inizio dalla domanda: perché diventare palombari? Si può parlare di gesta eroiche, immensi onori e ricompense generosissime. Ma il motivo era molto più venale. I palombari venivano pagati molto di più dei normali marinai.

Ho analizzato quindi l'evoluzione delle tecniche e delle attrezzature usate nelle immersioni, trovando addirittura riferimenti che collegano l'invenzione dei primi prototipi di scafandri a un personaggio di quello che ne nascono uno ogni millennio: Leonardo da Vinci.

Si arriva così alla parte centrale del lavoro, in cui si tratta del protagonista fisico dei recuperi, ossia l'*Artiglio*. Prenderò in considerazione l'equipaggio, le attrezzature e le innovazioni apportate, e soprattutto le imprese, dal recupero dell'avorio dell'*Elizabethsville* al ritrovamento dell'*Egypt*, fino a quel maledetto 7 dicembre 1930, giorno in cui tutto finì.

Questa parte è suddivisa in sei capitoli, dal quarto al nono. Qui ho descritto non solo il lavoro, le operazioni che ogni giorno si dovevano compiere, ma anche la vita di bordo, i problemi quotidiani che l'equipaggio doveva affrontare.

Nella stesura di questi capitoli ho incontrato personaggi che mai avrei potuto collegare all'*Artiglio*, prima di conoscerlo più a fondo. È questo il caso di Tomaso dal Molin, il pluridecorato aviatore dell'Aviazione Italiana, precipitato con il suo bimotore nel largo di Garda, presso Desenzano. La carcassa dell'aereo e il corpo di dal Molin furono recuperati proprio da Alberto Gianni e compagni. Questo per dire quanto ormai fossero divenute famose la loro bravura e le loro incredibili capacità, oltre al loro coraggio.

Ho incontrato anche personaggi a dir poco discutibili, come il cappuccino padre Innocenzo da Piovera, rabdomante, o il francese signor Poireau. Discutibili erano i metodi messi a disposizione del Quaglia per ritrovare il relitto dell'*Egypt*: con la rabdomanzia, il primo; per mezzo di strani macchinari, che avrebbero permesso di localizzare il relitto addirittura da terra, il secondo. Sono stato a volte talmente immerso nelle imprese degli equipaggi della Sorima da non accorgermi del passare del tempo. È davvero qualcosa da cui non vorresti staccarti mai.

Quando leggi del recupero dell'avorio dell'*Elizabethville*, o ancora di più del ritrovamento dell'*Egypt*, che avverrà nell'agosto del 1930, non riesci a staccarti, quasi che non si riesca a lasciare i palombari da soli. Così come ti senti perso quando giunge il momento in cui tutto sembra essere finito. Il 7 dicembre del 1931, mentre lavorava sul relitto del *Florence H*, una nave da guerra americana, l'*Artiglio*, forse per eccesso di sicurezza del suo equipaggio, forse perché prese fin troppo alla lettera il suo motto "Memento Audere Semper", non rispettò la distanza di sicurezza da tenere in caso di lavoro con esplosivi. Saltò in aria. E con esso le speranze di recuperare l'oro dell'*Egypt*. Nell'esplosione perirono i migliori palombari che il mondo avesse mai conosciuto. Ma non poteva finire così. Non doveva finire così. L'oceano non poteva vincere. E non finì. A Viareggio c'era chi aveva capacità e coraggio tali da poter raccogliere l'eredità lasciata da Alberto Gianni e i suoi compagni. Il commendatore Quaglia, dopo lo sconforto e la disperazione, decise che bisognava reagire. Acquistò una nuova imbarcazione, il *Maurétaine*. I suoi uomini lo ribattezzarono *Artiglio*, in onore e ricordo dei compagni perduti.

Il nuovo *Artiglio* fu visto per la prima volta in acque bretoni il 4 maggio del 1931. L'oro aveva le ore contate. L'*Artiglio* era tornato. Il resto è storia.

I primi lingotti vennero in superficie il 22 giugno. Nell'entusiasmo generale, i primi pensieri furono per chi non c'era più. Per Alberto Gianni, per Aristide Franceschi, per Alberto Bargellini. Senza di loro non ci sarebbe stato nessun relitto su cui lavorare. Senza Mario Raffaelli, Fortunato Sodini e Giovanni Lenci l'oro non si sarebbe trovato sul ponte dell'*Artiglio*.

Così si conclude il mio lavoro. Spero che possa aiutare a non disperdere la memoria di quegli anni, sarebbe davvero un peccato imperdonabile.

Jacopo Maria Marelli

▲ David Scott a bordo dell'Artiglio

Capitolo I
DOPO IL 3 GENNAIO

Con il discorso di Mussolini in parlamento del 3 gennaio 1925, si inaugura per l'Italia un periodo di cambiamenti drastici, in ogni settore.
Meno libertà, molto più controllo da parte dello Stato.

Tutto nello Stato, niente al di fuori dello Stato, nulla contro lo Stato.

Così riassumeva, in un discorso dell'ottobre del 1925, lo stesso dittatore quella che sarebbe stata la situazione in Italia da quel momento in avanti.
La svolta interessò anche l'ambito imprenditoriale, da dove proviene colui a cui si deve la fondazione e la fortuna della *Società di Ricuperi Marittimi*, di cui mi occuperò più approfonditamente nel capitolo successivo, ossia il commendatore Giovanni Quaglia.
Come si presentavano quindi i rapporti tra imprenditori e stato fascista, tra pubblico e privato, in questi primi anni di dittatura?
È quello che analizzerò in questo primo capitolo.

1.1   *Dopo la marcia su Roma*

Come si sa, quello degli industriali fu uno dei gruppi più attivi nel sostenere la soluzione fascista della situazione di caos che si era creata nel Paese in quegli ultimi anni. Il cosiddetto «biennio rosso» degli anni 1919-1920, aveva fatto balenare nelle menti degli industriali, come in quelle dei governanti liberali, lo spettro della rivoluzione bolscevica.
Il movimento mussoliniano fu visto di buon occhio dal ceto dirigente: poteva essere una barriera contro il dilagare della Rivoluzione Russa in Italia.
Gli imprenditori e gli industriali si affrettarono quindi ad appoggiare Benito Mussolini e le sue squadre.
Dopo il 28 ottobre del 1922, gli industriali, con comunicato ufficiale, ribadirono questa loro posizione:
Negli ambienti industriali l'avvento del ministero Mussolini è accolto con viva simpatia e con grande fiducia. La Confederazione generale dell'industria, che, pur essendo una organizzazione economica e sindacale, non potrebbe, nei momenti più gravi della vita del Paese, non assolvere funzioni squisitamente politiche, ha preso parte attiva allo sviluppo della crisi nazionale ed ha esercitato una influenza diretta e pressante a favore della soluzione Mussolini.
[...]
 Il punto di vista degli industriali è che l'on. Mussolini abbia dato finora tali prove di senso di responsabilità e di forza di volontà da meritare per lo meno la più benevola e cordiale attesa di coloro che non domandano altro che un governo, la qual cosa avevano appunto e con tanta insistenza invocato gli industriali.[3]
Una presa di posizione netta, quindi. Gli industriali, e con essi molte altre autorità, non vedevano nessun'altra alternativa possibile tra fascismo e bolscevismo.
Gli industriali accettavano il fascismo e il suo duce; ma a patto che finisse presto la fase rivoluzionaria. Fu questo un loro punto fermo, la normalizzazione del fascismo e l'allontanamento

---

3 Comunicato della Confindustria, in P. Melograni, Gli industriali e Mussolini, rapporti tra Confindustria e fascismo dal 1919 al 1929, Longanesi, Milano, 1980, cit. pp. 43-44.

chiesto direttamente a Mussolini delle frange più estremistiche del movimento, i cosiddetti *Ras*. Nonostante questo rimarranno, gli industriali, sempre legati alle iniziative della classe politica fascista.

Tant'è vero che la stessa Confederazione del lavoro prese contatti con Mussolini al fine di stilare un piano di collaborazione di governo[4].

Nel triennio seguente la marcia su Roma, periodo di straordinaria espansione della produzione, da parte del governo fu attuata una politica economica di incoraggiamento dell'iniziativa privata, soprattutto per mano del ministro Alberto de' Stefani. Fu lui infatti che

Modificò il sistema tributario, cercando di semplificarlo e di favorire gli investimenti; abolì l'imposta di successione in alcuni casi, la diminuì in altri; soppresse la legge per la nominatività dei titoli; ridusse l'imposta sulle nuove costruzioni industriali e quella sul reddito; si sforzò subito di riportare in pareggio il bilancio dello Stato; pose termine al blocco degli affitti [...]; ritirò gli aiuti governativi alle cooperative; aprì anche ai privati il settore delle assicurazioni sulla vita; sospese la riforma agraria decisa nel 1921 e affidò l'esercizio dei telefoni ad alcune società private.[5]

Per quanto riguarda la situazione sindacale, essa era ora notevolmente favorevole ai soli datori di lavoro. Ciò era dovuto anche alla disillusione, al terrore istillato nelle organizzazioni dei lavoratori dalle violenze squadriste, che non davano ancora alcun segno di volersi arrestare.

Non tutti gli imprenditori però guardavano la realtà con il paraocchi; a molti non sfuggirono i pericoli insiti in questa situazione delle associazioni sindacali: alla lunga si rischiava di compromettere la vitalità delle loro stesse imprese e, soprattutto, l'economia nazionale nella sua totalità. La situazione davanti a cui si trovò Mussolini nell'estate del 1923 era quindi molto complessa. Egli condusse inoltre una trattativa con la Confederazione del lavoro, che causò reazioni differenti.

Si aprì così un vero e proprio dissidio tra sindacati fascisti Confindustria, che arrivò ad assumere toni accesissimi, come in occasione del raduno dei sindacalisti a Milano dell'autunno del 1923.[6]

1.2. *La lotta sindacale*

Come detto, dopo il 28 ottobre del 1922, si era stabilita una sempre più stretta intesa tra i ceti dirigenti delle categorie industriale e il primo ministro Benito Mussolini.

Le riserve avanzate dai primi sui metodi rivoluzionari del leader fascista venivano meno, dato il rendersi sempre più evidente di una mancanza di alternative concrete ad esso. Le opposizioni non riuscivano a riprendersi dal colpo subito con l'avvento del fascismo, mentre Mussolini accresceva il suo potere.

In questo periodo molti furono gli incontri tra il primo ministro e gli esponenti industriali: caso clamoroso quello degli onorevoli Benni[7] e Olivetti[8], invitati addirittura alla riunioni del Gran Consiglio del Fascismo per esporre il loro punto di vista sulla situazione sindacale.

Ovviamente non tutti gli industriali si comportarono così. Peculiare è il caso di Massimo Rocca. L'ex anarchico, divenuto, quasi inspiegabilmente, fascista monarchico, che affermava

I gruppi più reazionari fra gli industriali, gli agrari e i nazionalisti rimanevano accuratamente neutri

---

4 P. Melograni, Gli industriali e Mussolini, cit. p. 48.
5 Ivi, cit. p. 49.
6 Ivi, cit. pp. 59-60.
7 Fondatore e presidente della società Ercole Marelli&Co. dal 1922 al 1935. Presidente della Confindustria dal 1923 al 1934.
8 Fondatore e primo segretario della Confindustria dal 1910 al 1934.

nel dibattito, o non nascondevano le loro simpatie verso la camarilla romana e i «ras» di provincia. Non confondiamo con questi la maggioranza degli industriali e degli agrari.[9]

Con «la maggioranza» Rocca intendeva i vari Agnelli, Motta, Benni. Sul loro atteggiamento moderato, avverso ai *ras*, non si possono avere dubbi.

Nel frattempo la lotta sindacale andava avanti. Mussolini le mise fine il 19 dicembre del 1923.

Nel corso di una riunione a Palazzo Chigi fu stipulato un patto tra i rappresentanti della Confindustria e dei sindacati fascisti.

Il Patto di Palazzo Chigi, come passerà alla storia, metterà definitivamente una pietra sopra al sindacalismo integrale voluto da alcuni esponenti di esso, uno su tutti Edmondo Rossoni, segretario generale della Confederazione nazionale delle Corporazioni sindacali.

Con il patto

Veniva posta la pietra tombale sul sindacalismo integrale di Rossoni, ma in cambio il sindacalismo fascista riceveva dalla Confederazione generale dell'industria l'investitura di contraente preferito quale rappresentante degli operai nella stipulazione dei patti di lavoro.[10]

Il dissidio ovviamente non potrà mai essere definitivamente sedato, ma l'importanza del patto in quel momento era altrove, come afferma Renzo de Felice[11]. Era stata cioè gettata la base per una collaborazione economica tra industriali e fascisti.

1.3. Il silenzio degli industriali

Un fatto, un gravissimo fatto avvenne a interrompere l'idillio in cui credeva di essere il neonato regime fascista.

Il 10 giugno del 1924 fu rapito e ucciso, quasi certamente dietro ordine di Mussolini, il deputato socialista Giacomo Matteotti.

Il periodo che ne seguì fece presagire il peggio per il fascismo e il suo leader. L'opinione pubblica gli si era ritorta contro; addirittura qualcuno all'interno delle file fasciste cominciava a dubitare di Mussolini.

Ma una cosa colpì più di tutte, per la sua assenza. Era mancata in quei complessi giorni una presa di posizione netta della Confindustria. Il 30 luglio l'assordante silenzio degli industriali fu denunciato in un articolo di Luigi Einaudi, pubblicato dal *Corriere della sera*. In esso, oltre a spronarli all'azione, Einaudi spingeva gli industriali a tornare sulla retta via, a staccarsi da un regime considerato ormai morente, che comunque nulla di buono avrebbe potuto portare. Le reazioni non tardarono ad arrivare.

Il 9 luglio, Cesare Alberti, un industriale genovese, ribadì orgogliosamente il suo sostegno al governo. Se abbastanza sconosciuto rimaneva Alberti, la seconda reazione fu più autorevole: a rispondere a Einaudi fu questa volta Giovanni Silvestri, presidente delle *Officine meccaniche* ed ex presidente della Confindustria. Rispose sulle pagine di un quotidiano dichiaratamente filofascista, il *Secolo* di Milano.

In essa ricordava che compito degli industriali era lavorare e non fare politica. Ricordava inoltre che l'Italia si trovava in una condizione tale da dover scegliere il male minore. E il male minore erano il fascismo e Mussolini.

Fu solo l'inizio di una grande diatriba tra industriali collaborazionisti e la stampa che è ancora possibile definire antifascista.

---

9 P. Melograni, Gli industriali e Mussolini, cit. p. 63.
10 Ivi, cit. p. 67.
11 R. de Felice, Mussolini il fascista, I, cit. p. 557, in P. Melograni, Gli industriali e Mussolini, cit. p. 67.

Nonostante tutto, nonostante la presa di posizione di singoli industriali, la Confindustria e le altre organizzazioni, non uscirono dal loro silenzio. Silenzio che acquistava ora, dopo gli interventi di Einaudi, un nuovo significato.

Restano gli industriali. Ma i segni dei tempi sono, anche qui, mutati. Il nobilissimo richiamo di Luigi Einaudi non ha sollevato il consueto ed addomesticato coro di omaggi al Duce, padre della patria, salvatore dell'economia nazionale [...]. Il plebiscito per il duce è completamente mancato. E se dovesse venire più tardi sollecitato, non avrebbe alcun valore [...].
L'impressione degli industriali si può riassumere così: il fascismo è orami condannato, ma può ancora, nei suoi ultimi giorni, dar colpi disperati e pericolosi; non appoggiamolo più, ma stiamo zitti.

Così scrive Amendola sulle pagine de *Il Mondo*[12]. Secondo lui il fascismo stava giungendo al termine, e gli industriali ne stavano prendendo atto.
Per il 7 settembre era prevista un'assemblea degli industriali, attesa quasi con ansia. Ciò fu anticipato, il 4, dalla consegna di un memoriale a Mussolini da parte di tre rappresentanti della Confindustria. In questo memoriale venivano esposte le preoccupazioni che attanagliavano gli industriali. Le richieste avanzate erano due:

«Normalizzazione» della vita politica e rispetto delle libertà sindacali per tutti, operai e industriali.[13]

Gli industriali chiedevano uno stato forte, superiore ai partiti, che assicurasse stabilità e applicasse le leggi con obiettività. Criticando la classe dirigente fascista, aspramente anche, fu invocato il totale rispetto delle libertà di organizzazione sindacale.
Al contrario della previsione di Amendola, la Confindustria non cambiava affatto la linea seguita dalla marcia su Roma fino a quel momento.
Nonostante tutto il memoriale risultò una presa di posizione piuttosto netta, e di notevole significato.

1.4. *La svolta autoritaria*
Nel corso del 1924 si cominciò quindi a definire un rapporto sempre più stretto tra industriali e fascismo, salvo i dissidi sulla questione sindacale, come abbiamo visto.
Il 1925 si apre con una svolta. Il periodo di crisi era passato, era ora di rendere definitiva la presa del fascismo, più precisamente di Mussolini, sul Paese e su tutte le organizzazioni, in ogni ambito.
Il 3 gennaio Mussolini, per tenere a bada ed isolare gli estremisti del suo stesso partito, fece un discorso in parlamento.
Con esso si dava inizio alla fase autoritaria. Era nata la dittatura.
Cosa successe però in campo industriale?
Il discorso del 3 gennaio non ristabilì certo l'unità degli ambienti industriali attorno al fascismo: chi si era opposto continuò per la sua strada, così come chi lo appoggiava, più o meno apertamente. Non venne meno, ancora almeno per qualche mese, il clima di attesa che si era amplificata negli ultimi mesi dell'anno precedente.
La svolta autoritaria aveva però al contrario ridato animo a quei sindacalisti fascisti che pretendevano l'instaurazione del corporativismo integrale. Il 23 gennaio il Gran Consiglio si pronunciò addirittura in favore dello sciopero.

---

12 P. Melograni, Gli industriali e Mussolini, cit. pp. 85-86.
13 Ivi, cit. p. 87.

Il Gran Consiglio [...] riconosce la necessità che i sindacati, in determinate contingenze, non escludano il ricorso alla lotta economica per stabilire il giusto rapporto tra il compenso dovuto al lavoro e le possibilità della produzione.[14]

Ci furono scioperi durante tutta la primavera del 1925, a partire dal primo in marzo.
A causa di questo Mussolini arrivò a minacciare la rottura del monopolio ottenuto dalla Confindustria con il patto di Palazzo Chigi, se quest'ultima non avesse inaugurato una politica di collaborazione con i sindacati fascisti. Tuttavia la grande maggioranza degli operai metallurgici rimaneva organizzata dai sindacati rossi.
Oltre a tutto ciò, ad aumentare le tensioni contribuì anche la politica attuata dal ministro De' Stefani, che causò un vivo risentimento sia tra gli speculatori che tra gli stessi industriali.
Questa situazione durò fino al luglio, quando Mussolini decise che fosse impedito il rifiorire delle vertenze sindacali, su segnalazione della Confindustria. Lo stesso De' Stefani fu sostituito da Volpi di Misurata e Nava, ministro dell'economia nazionale, con Belluzzo.
I due nuovi entrati rappresentavano in vario modo l'industria elettrica, il settore dove maggiore era stata l'opposizione al governo nei mesi precedenti.
Per continuare però la sua tattica di restare arbitro *super partes*, Mussolini doveva dare soddisfazione anche all'ala sinistra del partito, ai corporativisti. Lasciò quindi che essi si sfogassero contro i loro più diretti concorrenti, ossia i sindacati rossi.
Essi infatti rappresentavano per il regime, e per la stessa Confindustria, un grosso problema:

la classe operaia continuava nella sua grande maggioranza a essere rappresentata dalle organizzazioni antifasciste.[15]

Ciò spinse la Confindustria a trattare, seppure sempre con un certo distacco, con i sindacati fascisti.
Nell'estate questi ultimi ritennero possibile eliminare definitivamente le organizzazioni antifasciste dalle fabbriche. Due rivendicazioni vennero avanzate in questo senso:

chiesero che venisse loro attribuito il «monopolio» della rappresentanza sindacale e che, nello stesso tempo, tutte le commissioni interne elette dai lavoratori fossero soppresse e sostituite da «fiduciari» di fabbrica, nominati dalle corporazioni.[16]

Questo scatenò le proteste degli industriali, che facevano leva sul dibattito in corso all'interno dello stesso schieramento fascista, dove non tutti era favorevoli al monopolio. Mussolini si mostrò indeciso, e per tutta l'estate del 1925 non si seppe quale tesi avrebbe prevalso.

1.5. Il patto di Palazzo Vidoni

La situazione ebbe un'evoluzione tra l'agosto e l'ottobre. Tra il 20 e il 21 agosto, il duce convocò prima il presidente della Confindustria Benni, poi esaminò con Farinacci e Turati il problema economico-sociale. Dopo questi incontri fu annunciata una riunione tra industriali e fascisti per il giorno 10 settembre.
Quel giorno all'incontro erano presenti, per i fascisti, Rossoni, Farinacci, Turati, Cucini, Teruzzi e l'avvocato Aldo Lusignoli; a rappresentanza degli industriali erano presenti Olivetti, Benni e Agnelli. In questa sede furono lanciate accuse alla Confindustria, rea di essere ancora

---

14 Ivi, cit. p. 119.
15 Ivi, cit. p. 124.
16 Ivi, cit. pp. 124-125.

troppo in contatto con le vecchie commissioni interne.[17]

Cucini affermò che era giunto il momento in qui gli industriali avrebbero

Dovuto dimostrare la [loro] «comprensione», escludendo i sindacati antifascisti dalle fabbriche e riconoscendo nelle Corporazioni l'unica controparte: solo a questa condizione sarebbe stato possibile favorire «un indirizzo nazionale» nella politica del lavoro.[18]

Gli industriali cercarono di raggiungere un accordo: intanto

Sarebbero state abolite tutte le commissioni interne e le loro funzioni sarebbero state assunte dai sindacati fascisti.[19]

Il 2 ottobre i rappresentanti degli industriali raggiunsero finalmente un accordo con i rappresentanti delle organizzazioni sindacali fasciste.

A Palazzo Vidoni[20], si giunse ad una conclusione: furono abolite le commissioni interne e fu attribuita alle Corporazioni la rappresentanza esclusiva dei lavoratori.

La Confederazione generale dell'industria riconosce nella Confederazione delle Corporazioni fasciste e nelle Organizzazioni sue dipendenti la rappresentanza esclusiva della maestranze lavoratrici.

La Confederazione delle Corporazioni fasciste riconosce nella Confederazione generale dell'industria e nelle Organizzazioni sue dipendenti la rappresentanza esclusiva degli industriali.[21]

Non fu fatto cenno alla questione dei fiduciari, cosa che andava a tutto vantaggio degli industriali. Ma il monopolio sindacale fece sì che il patto risultasse in contraddizione con la precedente politica confindustriale.

Il patto fu il primo passo verso un nuovo assetto sindacale, che verrà portato a termine nei mesi successivi, assieme alla definitiva svolta dittatoriale del regime.

1.6. Ha così inizio l'avventura di Giovanni Quaglia

La fondazione della *Società di Ricuperi Marittimi* inizia la sua attività in quest'epoca di contrasti tra industriali e sindacati fascisti. Il suo fondatore, il commendatore Giovanni Quaglia, beneficiò però, oltre che della sua posizione all'interno del regime, anche delle sovvenzioni che lo Stato riservò ai privati nel corso del 1926.

Il capitalismo italiano è sempre stato, e lo è in un certo senso anche adesso, un'eccezione. In esso lo Stato ha sempre svolto un ruolo fondamentale. Lo spazio riservato a iniziative private è da sempre minore di quello riservato alle imprese statali.

L'11 ottobre del 1926 la *Sorima* cominciava la sua avventura, appunto beneficiando della congiuntura favorevole che stava investendo il paese. Oltre che degli agganci e alle conoscenze altolocate del commendatore Giovanni Quaglia.

La storia della marineria italiana e mondiale stava per cambiare, radicalmente.

---

17 Ivi, cit. p. 129.
18 Ivi, cit. p. 130.
19 Ivi, cit. p. 131.
20 Palazzo di Roma
21 Testo del Patto di Palazzo Vidoni, in P. Melograni, Gli industriali e Mussolini, cit. p. 136.

Capitolo II
NASCE LA SORIMA, LA STORIA PUO' CAMBIARE

Gli anni '20, se per innumerevoli versi furono da dimenticare, senza dubbio si rivelarono i migliori per quanto riguarda il campo della marineria italiana, in particolare in quello dei recuperi marittimi; fu in questi anni infatti che si posero le basi per tutti i futuri successi.

2.1. Un imprenditore tuttofare: Giovanni Quaglia

Ma come nacquero in questi anni le condizioni perché questo diventasse possibile?
Prima cosa da assicurarsi era l'esclusiva dei fondali marittimi, una flotta di navi recupero, scafandri rigidi, equipaggi ben preparati e pronti al lavoro duro e, ovviamente, un gruppo di palombari che oltre alle immersioni avrebbero dovuto essere in grado di costruire e badare alle attrezzature indispensabili. Anche un imprenditore senza troppi scrupoli poteva senz'altro far molto comodo. Se poi era anche un politico, tanto meglio. L'imprenditore-politico in questione si rivelerà essere il commendatore Giovanni Quaglia.
Giovanni Quaglia era nato nel 1881 a Diano Castello, in provincia di Imola, ma il suo nome sarà sempre legato a Genova, dove fondò tutta la sua fortuna.

Era una bella figura d'uomo, del peso, m'immagino, di circa un quintale, piuttosto tarchiato che alto.

Così viene presentato il commendatore da David Scott[22]. Un uomo all'apparenza inoffensivo, somigliante com'era a "un ben nutrito esemplare dell'uccello che portava il suo stesso nome"[23]. Ma le somiglianze si limitavano a questo. Uomo energico come pochi, al tempo stesso astuto e ingenuo e superstizioso (sua sarà l'idea di utilizzare i servigi di un frate rabdomante per ritrovare la carcassa dell'Egypt), era di carattere alquanto mutevole: passava molto rapidamente dal mostrare un'aura di bontà e la sua buona indole, al sospetto più nero, che presto però si dileguava, lasciando il posto alla straordinaria umanità che contraddistingueva questo personaggio. È difficile descrivere un uomo così, figlio del suo tempo: si può definire come, allo stesso tempo, paterno e padre-padrone. Un esempio significativo si può trarre dall'incontro tra il commendator Quaglia e lo stesso David Scott, arrivato a Belle-Île.

Io gli venni presentato come l'ultimo e curioso intruso; mi diede un'occhiata sospettosa e dominò il suo primo impulso ad un rifiuto. [...] Ci avviammo al caffè dell'albergo, dove una tavola fu sbarazzata per noi ed il commendatore, (...) si sottomise ad un interrogatorio preliminare. Da principio le sue risposte erano riservate, persino evasive, servivano a tastare il territorio; egli non voleva pettegolezzi, i giornali avevano già pubblicato un mucchio di sciocchezze. [...] Gli mostrai un ritaglio di "Le silences de M. Quaglia" e la tavola di marmo sobbalzò sotto una mano pesante. "Ils sont des choses qui ils n'ont aucune sèrieutè" (Sono cose che non hanno alcuna serietà). Non sapeva che farsene "de la littérature! [...] Così mi tuffai in un mare di tecnicismi. [...] E, mentre parlavamo, lo sguardo dietro al fumo del sigaro si faceva più cordiale, ed il largo volto del commendatore si stendeva in un sorriso sempre più ampio. "Ca" fece osservare alfine al signor Terme "C'est un journaliste sèrieux!" e la battaglia fu vinta.[24]

Come abbiamo visto, e come riporta Scott, era un uomo di straordinaria astuzia ed intelligenza, dotato di un gran senso per gli affari. Il suo lavoro come armatore, che si data dalla Prima

---

22 D. Scott, *Con i palombari dell'Artiglio*, cit. p. 58.
23 Ibidem.
24 Ivi, pp. 59-60.

Guerra Mondiale, gli fece acquisire parecchia esperienza, il che si rivelerà molto utile nel momento della fondazione della So.Ri.MA.. Altrettanto, se non addirittura più utili si riveleranno i contatti e l'appoggio di cui il Quaglia godeva all'interno del neonato regime fascista[25]. Era così in grado di muovere a suo piacimento le sue pedine per ottenere dal governo italiano, essenzialmente, tutto ciò che voleva.

Il commendatore fu senz'altro un personaggio controverso; di lui si disse tutto il bene e tutto il male. "Un po' Arpagone, un po' Re Mida, un po' capitano coraggioso e un po' zio Scroodge"[26]. Difficile risulta, quindi, fornire una visione univoca del commendatore.

Ricevette notevoli riconoscimenti ufficiali un po' in tutto il mondo: da parte della Corona Inglese e dal Governo Francese; Il Re d'Italia gli conferì diversi titoli, quali Cavaliere di Gran Croce della Corona D'Italia e il Titolo Sabaudo di Comm. dei Santi Maurizio e Lazzaro. Giovanni Quaglia morì settantaquattrenne a Genova il 7 dicembre del 1955, esattamente 25 anni dopo la tragedia dell'Artiglio.

2.2 La nascita della Società di Ricuperi Marittimi

Come abbiamo visto in apertura, per cominciare la sua avventura nel campo dei recuperi marittimi, il Quaglia, "l'imprenditore-politico senza tanti scrupoli"[27], aveva innanzitutto bisogno di una società. La Società di Ricuperi Marittimi venne fondata a Genova il giorno 11 ottobre 1926, con un capitale sociale di lire 1.309.500 e con sede nel Palazzo della Nuova Borsa in Piazza De Ferrari[28].

Fondata la società, quello che serviva ora era l'esclusiva dei fondali marittimi italiani. Questo fu assicurato con la stipula del contratto per il recupero della nave Washington, affondata in 86 metri di profondità, del 15 dicembre 1926. Il contratto, sottoscritto tra l'INA e la So.Ri. Ma., venne registrato a Roma il 17 dicembre[29]. Questo contratto nello specifico autorizzava la società genovese, oltre ad intraprendere il recupero del carico della nave, ad avere l'esclusiva dei tentativi di recupero "di tutte le navi e dei rispettivi carichi affondati per cause di guerra lungo le coste italiane"[30]. Il passo successivo per il Quaglia era la richiesta dell'esenzione doganale per tutti i materiali recuperati dai relitti, sia del Washington che del Lloevli, affondato nei pressi di Savona. Questa richiesta venne avanzata il 19 settembre del 1928. La convenzione fu firmata dall'avvocato Alberto Vicinelli, per l'INA, e dal presidente del consiglio di amministrazione Alberto Manzi Fè, rappresentante la Società genovese, presentata dai ministri Mosconi (Finanze), Ciano (Comunicazioni) e Martelli (Economia Nazionale), venne discussa in data 6 novembre 1928, con la previsione del ministro Mosconi secondo cui "al disegno di legge [...] non mancherà la vostra approvazione"[31]. E così fu. La convenzione venne approvata e riportata come legge 9 dicembre 1928 n. 3253 sulla Gazzetta Ufficiale del Regno d'Italia del 24 Gennaio 1929 con la dicitura: Approvazione della convenzione con la società anonima Sorima per recupero di materiali costituenti il carico di piroscafi affondati durante la guerra[32].

---

25 P. Serravalle, Storia della "Società Ricuperi Marittimi", dei suoi uomini e delle sue navi, dal sito
http://www.naviecapitani.it/Navi%20e%20Capitani/LE%20NAVI%20DELLA%20GRANDI%20IMPRESE/SORIMA/SoRiMa.htm,
26 Ibidem.
27 B. Giannaccini, Nasce la So.Ri.Ma., fra cronaca e storia, da I quaderni della torre, Pezzini Editore, Viareggio, 2012, p. 3.
28 P. Serravalle, Storia della "Società Ricuperi Marittimi", dei suoi uomini e delle sue navi, cit.
29 B. Giannaccini, Nasce la So.Ri.Ma., cit. p. 5.
30 Ibidem.
31 Ivi, p. 11.
32 http://archivio.camera.it/patrimonio/archivio_della_camera_regia_1848_1943/are010/documento/CD0000003989, 2016.

▲ L'equipaggio della nave Artiglio

Nel testo vengono evidenziate alcune delle clausole riportate già nel precedente contratto, quello del 15 dicembre 1926. Esse erano riportate in 14 articoli. La società aveva l'esclusiva dei recuperi di navi affondate per cause di guerra, come riportato nella relazione dell'ufficio centrale del senato del regno, numero 1649-A: "Tale contratto era stipulato per il fatto che il piroscafo Washington era assicurato per il 90% dalla gestione dei rischi di guerra"[33]. Veniva concessa "per dieci anni, [...], con diritto di esclusività," la possibilità per la So.Ri.Ma. "di esperire il ricupero delle navi e dei rispettivi carichi affondati per causa di guerra, rimasti in proprietà dei rischi di guerra e di suoi eventuali cointeressati"[34]. In questa convenzione erano indicati dunque anche gli obblighi a cui erano sottoposti il Quaglia e la sua società; infatti, oltre a quello indicato nel testo dell'approvazione della convenzione, vale a dire la validità dell'esclusiva solo per i relitti ancora di proprietà dell'ufficio rischi di guerra, la Sorima aveva l'obbligo di versare all'INA il 12% del valore lordo di tutti i materiali recuperati, come riportato nell'articolo 4[35]. Inoltre, nell'articolo 9, è indicata la somma che la società dovrà versare all'INA come garanzia, vale a dire 15000 lire per ogni recupero.

Come pronosticabile, l'esenzione, inizialmente relativa ai soli Washington e Lloevli (mai, a quanto traspare dai documenti, recuperato dalla Sorima), fu estesa in seguito ad altri relitti, tanto è vero che il provvedimento in questione è stato abrogato solo poco tempo fa, come riferisce sempre Boris Giannaccini.

Ottenuta l'esclusiva dei recuperi, con relativi obblighi e decisamente numerosi vantaggi, servivano ora alla So.Ri.Ma le attrezzature per rendere possibile tutto ciò che era previsto dalla

---

33 B. Giannaccini, La nascita della So.Ri.Ma, cit. p. 6.
34 LEGGE 9 dicembre 1928, n. 3253 in B. Giannaccini, La nascita della So.Ri.Ma, cit. p. 8
35 Ivi, p. 7.

convenzione e un equipaggio che si servisse di queste attrezzature.

Sul versante attrezzature la società fece un considerevole passo avanti con l'ottenimento, nel 1926, dell'esclusiva per l'Italia degli scafandri corazzati costruiti dalla tedesca Neufeldt & Kuhnke. Vediamo ora brevemente la storia di questa azienda, e che cosa voleva dire per la Sorima l'esclusiva delle sue attrezzature.

La Neufeldt & Kuhnke venne fondata nel 1899 da Hans Neufeldt, ingegnere civile, e Karl Kuhnke, noto uomo d'affari[36]. Nel 1905 cominciarono una collaborazione con il più famoso costruttore di attrezzature per le immersioni della Germania, Ludwig von Bremen, e venne fondata così la Hanseatische Apparatebau Gesellschaft (HAG)[37]. Il nome, cambiato in realtà già dopo l'ingresso dei due nuovi soci di Von Bremen, Neufeldt e Kuhnke (si chiamava infatti Hanseatische Apparatebau Gesellschaft vormals L. von Bremen)[38], cambiò nuovamente nel 1937; divenne così la HAGENUK (Hanseatische Gesellschaft Neufeldt & Kuhnke)[39]. Infine del 1960 divenne HAGENUK ex Neufeldt & Kuhnke, come riferisce sempre de Groot. Sul finire del secolo si registrano il fallimento dell'azienda (1998) e la sua acquisizione da parte di un gruppo di investitori stranieri, nel 2000[40].

Torniamo adesso ai nostri scafandri. Il primo apparecchio venne costruito dai due investitori tedeschi nel 1923 e venne testato, con successo, in un lago nel Tirolo[41].

Era un apparato dall'aspetto piuttosto goffo, con un largo anello di galleggiamento attorno al corpo, e una fila di bottiglie di ossigeno [...] sulla schiena.[42]

Ci fu in seguito un secondo modello, più leggero più semplice e meno soggetto a danni accidentali, come riferisce sempre David Scott. Sui dettagli tecnici degli scafandri mi concentrerò in seguito, in altro capitolo. Qui mi limiterò a riportare, a supporto della tesi che tali scafandri erano i migliori in circolazione, l'impresa del palombaro tedesco Otto Kraft, che, nel 1925, durante le operazioni di recupero dell'equipaggio del sottomarino inglese M.I, affondato al largo di Portland, batté ogni record di profondità e durata dell'immersione[43].

Questo per dire quanto importante, quanto decisivo fu l'ottenimento dell'utilizzo esclusivo di queste attrezzature per la Sorima.

Il commendator Quaglia aveva avuto dal governo fascista l'esclusiva per le ricerche in mare; non doveva pagare nessun dazio doganale per quanto recuperato; aveva l'esclusiva per gli scafandri della Neufeldt & Kuhnke; cosa serviva adesso? Senza dubbio il commendatore doveva armare una flotta di navi-recupero. Ma soprattutto aveva estrema necessità di bravi palombari. È rimasta famosa la frase del commendatore: "No, no, non è il suo Naiade che ci interessa, ma lei e i suoi palombari". La persona a cui venne rivolta questa frase è la stessa che farà le fortune della Sorima e di tutta la palombaristica non solo viareggina, ma della palombaristica italiana per gli anni a seguire. Quest'uomo era il viareggino Alberto Gianni. Nel 1927 quei bravi palombari di cui la Sorima aveva estremo bisogno erano stati trovati. Erano Alberto Gianni e i suoi

36 http://cyberneticzoo.com/underwater-robotics/1914-diving-armour-neufeldt-and-kuhnke-german/, 2014.
37 Ibidem.
38 Ibidem.
39 http://www.therebreathersite.nl/12_Atmospheric%20Diving%20Suits/1913_Neufeldt_und_Kuhnke/1913_Neufeldt_und_Kuhnke.htm, 2009.
40 Ibidem.
41 D. Scott, Con i palombari dell'Artiglio, cit. p. 26.
42 Ibidem.
43 Ivi, p. 27.

fedeli compagni, Aristide Franceschi e Alberto Bargellini.

Primo compito del Gianni fu l'armamento della flotta della Sorima, formata dalle navi Artiglio, Rostro, Raffio e Arpione, di cui parlerò più approfonditamente nel capitolo successivo, dedicato appunto alle navi e all'equipaggio, a cui successivamente si unirono il Rampino e il Rastrello[44]. Va però detto che la Sorima non ebbe mai navi "nuove", varata apposta per fungere da nave-recupero. Erano tutte barche "usate e riusate in molti modi ed infine [...] rimesse in mare"[45]. Alberto Gianni si trovò inoltre a dover lavorare con gli scafandri della Neufeldt & Kuhnke, che riteneva ancora troppo poco affidabili e a cui apportò le modifiche decisive che permetteranno ai palombari dell'Artiglio di raggiungere profondità impensabili fino a quel momento. Al Gianni non piaceva utilizzare questi scafandri, nonostante le numerose modifiche apportate: essi infatti, essendo rigidi, in profondità, anche per la perenne presenza di forti correnti, non permettevano al palombaro di vedere con facilità il fondale[46], perché mosso di qua e di là dalla forza del mare.

Di Alberto Gianni, dei suoi compagni palombari, dell'Artiglio e del suo equipaggio, formato da Giacomo Bertolotto, il capitano; Amedeo Raffaelli, primo ufficiale; dai marinai Giulio Sartini, Vailante Cortopassi, Luifi Filippini e Costante Ulivieri; dal capomacchinista Tiziano de Bernardi; dal telegrafista Luigi de Melgazzi; da Antonio Deiana e Amerigo Ramelli, rispettivamente ingrassatore e mozzo; dai fuochisti, Felice Bresciani, Arturo Vivalti ed Enrico Tedoldi e dal cuoco Maurizio Moretti; di tutti loro parlerò più approfonditamente nel capitolo che segue.

2.3 La nascita del porto di Viareggio e i primi passi delle imprese marittime nelle darsene

Abbiamo parlato della Sorima, dei suoi fondatori e abbiamo introdotto le figure che ne faranno le fortune. La sua fondazione vuol sicuramente dire più lavoro, più soldi e maggiore stabilità per i palombari e i membri dell'equipaggio. Ma quali erano le condizioni di vita e di lavoro dei palombari e di tutti i lavoratori marittimi? Prenderò in considerazione specialmente la situazione di Viareggio, dato che è quella che più interessa ai fini di questo lavoro.

Il centro delle attività marinaresche a Viareggio erano senz'altro le darsene. Per questa analisi mi servirò del sostegno ancora di un testo di Boris Giannaccini, appunto intitolato "Le darsene viareggine".

È necessario iniziare con la storia del porto-canale, la nascita delle Darsene, la venuta della gente di Limite sull'Arno dei cantieri Picchiotti.[47]

Quando i lucchesi arrivarono nella zona, nel 1170, si rese necessaria per loro una fortificazione per difendere il territorio dalla scorribande dei predoni. Così tra la Burlamacca e la Farabola, nei pressi di Viareggio, sorse il Castrum de via Regia. La repubblica lucchese possedeva un porto-canale[48], precisamente a Motrone; quando lo perse definitivamente nel 1441, Lucca rivolse le proprie attenzioni proprio al canale della Burlamacca, principale emissario del lago Massaciuccoli, nasce a Montramito e giunge al mare di fronte a Viareggio. Possedere questo canale voleva quindi dire avere uno sbocco al mare.

---

44 Ibidem.

45 Ivi, p. 21.

46 Ibidem.

47 B. Giannaccini, Le darsene viareggine, in I quaderni della torre viareggini, a cura di F. Flego, Viareggio (LU), Pezzini editore, 2013, p. 5.

48 Porto di dimensioni modeste, formato da banchine situate alla foce di corsi d'acqua o canali e utilizzato da piccole imbarcazioni.

Successivamente, nel 1534, venne costruita la Torre Matilde, a difesa dei magazzini e dei traffici del porto, e in sostituzione della precedente edificazione, che risultava ormai troppo lontana dal mare[49]. Alla fine del XV secolo, il porto-canale di Viareggio, sempre meglio fortificato e servito, diventa sempre di più il centro delle attività marittime della Repubblica di Lucca. Venne fatto costruire "un breve pontile di legno, una cisterna per l'acqua potabile e un accesso più agevole ai natanti"[50]. Il porto venne ulteriormente ampliato quando, nel settembre del 1541, sbarcò l'imperatore, Carlo V. In quell'occasione venne allungato il pontile, che in seguito venne armato in muratura, che cominciò a rendere più sicuro l'approdo al canale. Oltre a rendere l'approdo più protetto architettonicamente parlando, servivano iniziative per rendere il porto un posto più salubre per chi ci viveva e ci lavorava quotidianamente. Il problema più diffuso era senza dubbio la malaria. Fu così che il magistrato delle acque della Repubblica di Venezia, Bernardino Zendrini, bonificò la zona[51]. Per fare ciò egli costruì le cataratte a bilico, per la regolazione delle acque del canale Burlamacca. Questo provvedimento fu dovuto anche al fatto che era ancora credenza diffusa che la malaria fosse causata dal mescolamento delle acque dolci con le acque salate[52]. I moli furono nuovamente allungati dopo la costruzione della prima darsena, la Lucca, ossia tra il 1838 e il 1847.

Tutto questo interesse per il porto-canale di Viareggio cessò improvvisamente dopo l'acquisizione dello stato di Lucca da parte del Granducato di Toscana, il 4 ottobre 1847; esso infatti possedeva già il porto di Livorno, che rendeva superfluo l'utilizzo di Viareggio. L'unica miglioria apportata al porto viareggino fu l'allungamento del molo di ponente di 347 metri, di cui 52 in muratura e 105 con palizzata, tra il 1873 e il 1874. La palizzata, meno resistente, fu sostituita con la muratura e ampliata di altri 80 metri nel 1881; in quell'occasione fu allungato anche il molo di levante di 95 metri[53]. Nuovamente venne ampliato tra il 1906 e il 1910 di 62 metri.

Con il nuovo secolo arrivarono anche buone notizie per Viareggio: grazie all'interessamento e all'intercessione dell'On. Giovanni Montauti, rappresentante del collegio elettorale della Versilia, il 14 agosto del 1908 il governo approvò un decreto secondo cui dal 1° Gennaio 1909 la città sarebbe stata promossa a sede di Capitaneria di Porto con ampliamento delle competenze sul territorio che va dal torrente Parmignola al confine con Pisa[54]; il progetto, stilato nel corso del 1907, prevedeva

la realizzazione di un nuovo canale, parallelo all'esistente, che doveva collegare direttamente la vecchia stazione ferroviaria con il bacino dell'avamporto, mediante l'escavazione dell'attuale via Virgilio.[55]

Inoltre, e cosa di nettamente maggior interesse, la giurisdizione della città di Viareggio fu estesa sull'Ufficio Circondariale di Marina di Carrara, sul porto di Marina di Massa e sull'ufficio di Forte dei Marmi[56]. Il 30 aprile 1908 venne approvata l'elevazione di Viareggio a Capitaneria, e venne riconosciuto il merito dell'onorevole Montauti. Tutto ciò infatti non sarebbe stato possibile senza "[al]l'interessamento e [al]le energiche premure dell'onorevole Montauti"[57]. L'istituzione ufficiale della Capitaneria di Porto verrà decretata successivamente con il

---

49 B. Giannaccini, *Le darsene viareggine*, cit. p. 5.
50 Ivi, p. 6.
51 Ivi, pp. 6-7.
52 Ivi, p. 7.
53 Ibidem.
54 http://www.guardiacostiera.gov.it/organizzazione/Pages/capitaneria-di-porto-di-viareggio.aspx, 2015.
55 Ibidem.
56 B. Giannaccini, *Le darsene viareggine*, cit. p. 8.
57 http://www.guardiacostiera.gov.it/organizzazione/Pages/capitaneria-di-porto-di-viareggio.aspx, 2015.

R.D. 18 agosto 1908, numero 540[58]. Per festeggiare questo avvenimento, furono programmate nella città cerimonie solenni, che avrebbero visto la partecipazione delle autorità politiche e militari della zona; ma tutto ciò non ebbe luogo, a causa del terribile terremoto che colpì le province di Reggio Calabria e Messina. Ogni festeggiamento sarebbe stato fuori luogo.

In questo momento decine e decine di migliaia di infelici languono nella disperazione del terrore e del dolore. Viareggio tutta sente la gravità del momento; sente il dovere suo di fronte a tanta sciagura.

Questo riportava un manifesto dell'allora sindaco di Viareggio, Giorgio Paci, che decise di devolvere i fondi delle cerimonie alle province colpite dalla sciagura. L'inaugurazione della Capitaneria avvenne, in forma privata, il 31 dicembre del 1908[59].

L'altra notizia di grandissimo rilievo fu l'interessamento e l'impegno addirittura del Presidente del Consiglio Giovanni Giolitti a favore del porto viareggino.

Il 28 settembre 1913 fu la data scelta per la cerimonia della posa della prima pietra del nuovo porto di Viareggio. Il giorno precedente

una squadra composta dalle navi Regina Margherita, Emanuele Filiberto e sei torpediniere si presentò al traverso di Viareggio. [...] All'alba del giorno dopo la Regina Margherita si recò al Gombo (nei pressi di San Rossore), per imbarcare il Re, Vittorio Emanuele III; alle 9.30 era di ritorno ed iniziò quel memorabile 28 settembre. [...] Dopo i discorsi di rito il Re, con una cazzuola d'argento, cosparse di cemento il luogo dove fu murata la prima pietra"[60].

Quel giorno ebbe così inizio la storia del porto di Viareggio.

Andiamo ora a vedere più nello specifico il luogo dove effettivamente si lavorava, ossia le darsene. C'erano, e ci sono tuttora, tre darsene al porto di Viareggio: la darsena Lucca, la darsena Toscana e la darsena Italia (così rinominate nel 1910).

La darsena Lucca, che oggi ha ripreso l'antico nome, cioè darsena Vecchia, fu costruita tra il 1819 e il 1823, per volontà della duchessa di Lucca, Maria Luisa di Borbone. Con questa decisione la duchessa intendeva dare impulso allo sviluppo delle attività marittime. Nel 1820 Maria Luisa di Borbone nominò Ippolito Zibibbi, già comandante della Piazza Militare della città, anche Comandante di Marina a Viareggio.

Inizialmente la darsena doveva essere molto più ampia, cosa resa impossibile dalla necessità, in quel caso, dell'abbattimento della palizzata della tenuta granducale[61].

La darsena Toscana fu invece edificata successivamente, tra il 1871 e il 1873. La sua costruzione fu vista come il definitivo decollo della città di Viareggio: vi operavano infatti i migliori costruttori: da Alessandro Raffaelli a Fortunato Celli, ai fratelli Codecasa.

La terza darsena, costruita tra il 1903 e il 1907 e chiamata Italia, era strettamente collegata con la Toscana per mezzo di un canale munito di ponte mobile.

C'erano inoltre altre due darsene, la Europa, già denominata Impero, e la Nuova Darsena. La prima fu costruita tra il 1936 e il 1938 su un terreno già utilizzato come campo di calcio. La seconda era utilizzata come riparo per la flotta peschereccia, per il traffico commerciale e per l'allestimento e la riparazione di piccole barche[62].

Come si lavorava in questi posti? Per rispondere a questa domanda ci serviremo della testimo-

---

58 Ibidem.
59 Ibidem.
60 B. Giannaccini, Le darsene viareggine, cit. p. 9.
61 Ivi, p. 10.
62 Ivi, p. 11.

nianza di Nicodemo Picchiotti, autore del libro *Colloquio con il mio tempo* e insignito del titolo di Commendatore Ordine al Merito della Repubblica Italiana il 2 Giugno del 1980[63].

Il nostro decorato autore entra nel dettaglio dei lavori che si svolgevano al porto. Il legname necessario alla costruzione delle imbarcazioni doveva essere reperito nei boschi nei dintorni. Nel caso di Viareggio ciò voleva dire principalmente San Rossore e le macchie e pinete nelle vicinanze. Questi tronchi dovevano poi essere trasportati nei luoghi di lavorazione. Ciò veniva fatto con i cosiddetti carri matti, carro adibito al trasporto di materiali vari, in questo caso il legname; in altri casi, per esempio a Firenze, erano adibiti al trasporto delle botti del vino[64]. Tornando alla situazione di Viareggio, il legname veniva poi, dalle donne, spogliato della corteccia, che veniva poi usata come legna da ardere[65]. Entravano ora in azione i segantini, che riducevano in tronchi in assi, messi poi a stagionare all'aperto per quasi un anno. Dopodiché venivano ridotti a spessori più sottili e preparati per una nuova stagionatura.

Il passo successivo era riservato ai carpentieri, che si occupavano della parte tecnica della costruzione. Sotto il comando del maestro d'ascia, il carpentiere più bravo, quello che era in grado di scegliere il miglior legno da utilizzare di renderlo meglio lavorabile, attraverso l'utilizzo di diversi attrezzi[66], avveniva il lavoro dei carpentieri. Venivano lavorate le tavole per renderle curve, attraverso la bollitura in apposite vasche. Ancora calde venivano poi chiodate e, così facendo, una volta raffreddate rimanevano incurvate[67].

Il passaggio susseguente era il calafataggio, ossia la tecnica di impermeabilizzazione dello scafo in legno della barca. Anche se i carpentieri erano in grado di farlo, c'erano degli operai specializzati, appunto i calafati. Il loro compito era riempire lo spazio che si formava tra le tavole del fasciame; ciò veniva fatto utilizzando una corda catramata, detta comando. Il tutto veniva poi rafforzato con della stoppa[68]. Nel loro lavoro i calafati usavano diversi arnesi: Il maglio, un martello di legno, detto anche mazzola; la parella, largo scalpello utilizzato per introdurre la stoppa tra le tavole, successivamente pressata con il canalino[69]. Questo era quello che veniva fatto all'interno, tra asse e asse. All'esterno e sotto lo scafo dell'imbarcazione venivano passate due o più passate di pece. L'acqua era poi l'elemento che faceva gonfiare infine la stoppa, rendendo la barca perfettamente salda.

Possiamo ora ricordare alcuni grandi costruttori di barche viareggini. Partendo dai capostipite, vale a dire il maestro d'ascia Valente Pasquinucci e il calafato Pasquale Bargellini, costruttori per Giovanni Giuseppe Baroni e i suoi fratelli della tartana[70] San Pietro. Passando poi per il figlio di Pasquinucci, Carlo, continuatore del lavoro del padre e apprezzato costruttore; e i figli di Bargellini, Stefano e Giovanni, considerati dei maestri nella costruzione di imbarcazioni. Continuando poi con la famiglia Benetti: da Lorenzo, detto il Lenci, subentrato ad Alessandro Raffaelli, Sandrino, considerato il primo costruttore navale di Viareggio. Ai suoi figli, Gino ed Emilio, che continuarono l'opera del padre; continuata successivamente dai figli di Gino, Giuseppe e Virgilio, che portarono avanti l'azienda di famiglia fino al 1985[71]. Ma i nomi che spiccano più di tutti in questo panorama sono Fortunato Celli e Giovan Battista Codecasa.

---

63 http://www.quirinale.it/elementi/DettaglioOnorificenze.aspx?decorato=287917, 2016.

64 http://www.antinori.it/it/passione-in-evoluzione/a-mag/categories/154/2015, 2015.

65 B. Giannaccini, Le darsene viareggine, p. 12.

66 http://www.maestrodasciacappellari.it/corsi.html, 2016.

67 B. Giannaccini, Le darsene viareggine, p. 13.

68 Ivi.

69 Ivi.

70 Grossa barca da carico e da pesca, con un albero a vela latina e uno o più fiocchi.

71 B. Giannaccini, Le darsene viareggine, p. 17.

Il primo, detto Natino, nato nel 1848, ha il merito di aver cambiato le regole del gioco: mise da parte il modo di costruire scafi à là genovese o sorrentina, per rivolgersi ad una propria linea di lavoro. Si abbandonò il cosiddetto pan bagnato sorrentino, che consisteva in legni troppo tozzi e pesanti, senza stile, ineleganti. Quello che fece Natino fu regalare un'eleganza ai suoi scafi. Il primo varo di Natino fu nel 1885, il cutter San Gennaro. Soprattutto uno, tra le sue costruzioni, lo rese leggendario per i viareggini: il brigoletta[72] Nelly. Si narra infatti che, nel 1907, mentre faceva il suo ingresso nel Tamigi, degli osservatori notarono l'imbarcazione. Questi due osservatori, uomini in bombetta, si dimostrarono molto interessati all'acquisto del Nelly. L'imbarcazione si stabilì quindi in Inghilterra, ma non come nave da trasporto, come si potrebbe facilmente immaginare. Fu invece studiato, furono studiate le sue linee di carena e la sua velatura[73]. Le barche "gallettate", con la sagoma del gallo simbolo del Celli, diventò un marchio di fabbrica, segno di riconoscimento di imbarcazioni veloci e straordinariamente capienti[74]. Fortunato Celli costruì barche fino al 1918; i suoi figli Raffaello e Alessandro portarono avanti il testimone lasciatogli dal padre; il primo, Raffaello, divenuto anche genero del Lenci, lavorando nella darsena Lucca. L'altro, Alessandro lavorò ininterrottamente nei cantieri Picchiotti a Marina di Carrara.
Fortunato "Natino" Celli morì a 75 anni nel 1923.
Di Tistino, ossia Giovan Battista Codecasa si sa che era discendente di Giovanni Battista, nato nel 1803, divenuto maestro d'ascia a Viareggio nel 1825, all'età di 22 anni.
Il giovane Giovan Battista, il Tistino, nato nel 1875, continuò la tradizione familiare. A 10 anni comincia la sua avventura. A 27 anni, nel 1902, è capomastro nel cantiere Raffaelli. Convinse il padre, Antonio, ad aprire un cantiere, su un terreno di 1258 metri quadrati a est della darsena Lucca, per la costruzione di navi a vela. Con la licenza n. 145 del 16 giugno 1902[75], nasce il cantiere "Antonio Codecasa e Figli"[76]. Il cantiere si allargò successivamente, avendo a disposizione più ampi spazi presso la Nuova Darsena. Date queste maggiori possibilità, Tistino allargò le sue mire e i suoi orizzonti, per stare così al passo con la rivoluzione avvenuta nel campo nautico, ossia l'adozione del motore a scoppio e del metallo in luogo del legno.

Tistino era mio nonno e fino al 1946 si calcola che abbia costruito quasi cento imbarcazioni. Alla sua morte il cantiere passò nelle mani di due dei suoi cinque figli: Sandro e mio padre Ugo. La nuova generazione fu capace di gestire il passaggio dal legno al metallo in modo molto abile a mio avviso, tanto che l'azienda si impose tra i pionieri italiani della costruzione in acciaio.[77]

Le imbarcazioni varate in questo cantiere furono innumerevoli: si ricordano il Milano, l'Equità e il Migliarino, il Chiara, il Bertolli, o il più grosso Francesca Madre, solo per citarne alcuni. Salta all'occhio però il varo di una barca in particolare; infatti nel cantiere Codecasa, nel 1921, venne varato il secondo Nereide, la nave che Alberto Gianni trasformerà in nave-recupero, la nave che ospiterà la cassa disazotatrice, realizzata nell'officina di Assuero Baroni[78].
Giovan Battista "Tistino" Codecasa morì nel 1956, a 81 anni.
Questo fu solo l'inizio. Tutta una nuova, leggendaria stagione stava per cominciare.

---

72 Piccolo veliero a due alberi con vele quadre e bompresso.
73 B. Giannaccini, Le darsene viareggine, cit. p. 19.
74 Ivi, p. 20.
75 Ivi, p. 21.
76 http://www.codecasayachts.com/codecasa/storia/, 2015.
77 http://www.codecasayachts.com/wp-content/uploads/2014/04/barche-intervista-fulvio-ita.pdf, 2014.
78 B. Giannaccini, Le darsene viareggine, cit. p. 21.

▲ Palombaro a bordo dell'Artiglio

Capitolo III
UN MESTIERE DALLE MILLE SORPRESE

Abbiamo visto la storia delle darsene viareggine, dei primi passi delle attività marinaresche del porto di Viareggio e la fondazione della Sorima. Ho anche detto che servivano abili tecnici alla società genovese per compiere quei recuperi che si era prefissata.

Questi tecnici erano i palombari, e in questo capitolo si cecherà di descrivere al meglio il loro lavoro, le loro abilità e, soprattutto, gli ambienti in cui si trovavano ad operare, con tutti i vari metodi per essere facilitati in tali compiti.

3.1. Perché diventare palombari?

La storia dei palombari, così come quella di altri lavoratori delle darsene, come carpentieri, calafati e marinai, è una storia

di lavoro, di grandi fatiche, di modestissimi riscontri economici impregnati di sudore e di tante rinunce. I palombari non sono né più né meno degni compagni degli altri lavoratori della Darsena; perché prima di diventare operai subacquei erano stati tutti marinai, figli o nipoti di altri marinai e così –per discendenza- a 10-12 anni erano stati mozzi su qualche brigantino uscito dagli scali darsenotti.[79]

Questi ragazzi, divenuti ventenni venivano chiamati alla leva di mare, e molti di loro chiedevano espressamente di essere mandati alla scuola di palombari del Varignano di La Spezia. La Regia Scuola torpedinieri del Varignano era nata il 24 luglio 1849 a Genova per volontà del ministro della guerra del regno sabaudo, il generale Della Bocca. Il 7 aprile 1884, con la circolare numero 795, furono emanate dalla Direzione Generale d'Artiglieria e Torpedini le prime norme tecniche ed operative per i palombari.

Il certificato di palombaro potrà essere emanato dal Comando della Nave Scuola Torpedinieri. Ottenevano il certificato di Palombaro di Prima Classe coloro i quali avevano dato prova di operare per almeno un'ora e mezza alla profondità di venti metri, quello di seconda classe per il personale che raggiungeva almeno i dieci metri di profondità.[80]

La scuola Palombari fu trasferita nel territorio del Varignano il 10 novembre del 1910 e vi rimase fino al dicembre del 1934.

Il 15 febbraio 1960 venne istituito il Raggruppamento Subacquei ed Incursori "Teseo Tesei" (COM.SUB.IN.), tutt'oggi considerata a livello mondiale la più prestigiosa tra le scuole subacquee.[81] Ma per quale motivo da mozzi e marinai, si voleva diventare palombari?

Si penserà che lo facessero per una questione d'onore, per le imprese eroiche e per i solenni riconoscimenti. Sarebbe stato molto nobile, ma il vero motivo era molto più concreto e terreno: era semplicemente una questione di stipendio; i palombari, quando lavoravano, venivano pagati molto di più di un semplice marinaio.

Questa promessa teneva conto del rovescio della medaglia, ossia l'altissimo tasso di mortalità tra i lavoratori sottomarini. In un periodo di diffusa povertà fare il palombaro poteva quindi essere una valida alternativa economica, una svolta per molti.

---

79 B. Giannaccini, L'Artiglio, epopea della palombaristica viareggina, Viareggio, Pezzini Editore, 2014, pp. 9-10.
80 Circolare n°795 del 7 aprile 1884, nella sezione "Storia", in http://www.marina.difesa.it/formazione-in-marina/formazione_specialistica/ilgos/Pagine/Storia.aspx, 2016.
81 Ibidem, e in B. Giannaccini, L'Artiglio, epopea della palombaristica viareggina, cit. p. 11.

Ovviamente per diventare palombari occorreva essere inviati "agli sbruffi del mare", come si soleva dire, già dalla tenera età[82].

3.2. Le origini delle attività sottomarine

Già nel corso del Rinascimento cominciarono ad essere studiate e analizzatele profondità marine. Doviziosa di particolari fu la ricerca di uno dei geni assoluti di quel periodo, ossia Leonardo da Vinci che, pur non applicandosi specificatamente all'attività subacquea, realizzò quello che può essere definito un prototipo di respiratore, collegato con la superficie, e uno scafandro-armatura che avrebbe dovuto ospitare il "palombaro" sott'acqua.[83]

Questa, come molte altre invenzioni leonardesche, e come molti altri tentativi che lo seguirono, non poterono essere portati a compimento, a causa delle difficoltà nel disporre di un apparecchio meccanico in grado di pompare l'aria all'interno dello scafandro, se così poteva essere definito.

Dopo questi esordi l'evoluzione delle esplorazioni sottomarine seguì diverse tappe: dai primi disegni del XVI secolo arrivò alla sua invenzione nel 1690 per mano di E. Halleynel la campana pneumatica. Nei primi anni '70 del 1700 apparvero i primi cassoni pneumatici ad uso industriale, che permettevano i primi lavori sui fondali. Il primo vero e proprio scafandro fu brevettato nel 1797 da Kliengert, molto voluminoso con un enorme elmo collegato, tramite dei tubi, ad una pompa a mano in superficie.

La vera e propria epopea dei palombari avrà inizio con Augustus Siebe, un ingegnere tedesco al quale si deve dapprima il perfezionamento del sistema di Kliengert, quindi la creazione del primo scafandro da palombaro[84].

3.3. Lo scafandro

Lo scafandro da palombaro è costituito da una parte flessibile, il vestito, e da una rigida metallica, l'elmo e il collare. Il vestito è impermeabile, a sagoma d'uomo, di robusta tela gommata; ha un'apertura superiore per il passaggio del corpo, bordata da un collare di gomma portante 12 fori. Al di dentro è sistemata una sentina di tessuto gommato, attorno alla quale si accumula l'acqua che può eventualmente infiltrarsi attraverso le unioni del vestito con l'elmo, o dalle valvole, ed impedisce che questa scenda e bagni il palombaro. Le maniche terminano con due polsini imbutiformi di gomma elastica, che si adattano ed aderiscono ai polsi dell'uomo: il peso di tale vestito è di circa 6.500 kg.[85]

Così si presentavano i primi scafandri, quelli di gomma, utilizzati per le immersioni in pochi metri e per durata di tempo limitata.

Al suo interno stava il palombaro, che prima dell'immersione indossava appositi vestiti, che servivano a non disperdere il calore innanzitutto, e a formare una sorta di cuscinetto tra la pelle del palombaro e il tessuto di gomma.

Sulla sua testa veniva poi posizionato l'elmo, di forma ovoidale, che veniva avvitato al collare mediante una serie di viti posizionate sia su quest'ultimo che sulla base dell'elmo. Sulla parte superiore del collare si trovava una spesa guarnizione di cuoio, che con un semplice giro per-

---

82 B. Giannaccini, L'Artiglio, epopea della palombaristica viareggina, cit. p. 11.
83 http://www.bombolari.it/Immersiolano/Default.asp?id_versione=200&Ct=Area.asp&Area=156, 2016.
84 Ibidem.
85 http://www.bombolari.it/Immersiolano/Default.asp?id_versione=200&Ct=Art.asp&Area=156&Arg=297&Art=1261, 2016.

metteva la chiusura stagna dell'elmo, operazione conclusa poi mediante una valvola sul retro dell'elmo.

L'elmo si presentava, come ho detto in precedenza, di forma ovoidale, ed era costruito di rame. Esso pesa 15 chilogrammi, abbastanza pesante quindi, ed aveva un volume di circa 16 litri[86]. Su di esso sono poi sistemati gli attacchi per la manichetta dell'aria, con una valvola di non ritorno in caso di rottura della manichetta stessa; un attacco per il cavo telefonico che permetteva i collegamenti tra il palombaro immerso e la nave in superficie. Inoltre erano presenti un rubinetto per lo scarico dell'aria all'esterno e per l'aspirazione dell'acqua all'interno, ed una valvola di sovrappressione per lo scarico dell'aria in eccesso e per regolare la necessaria ventilazione all'interno dell'elmo stesso[87]. Ogni elmo è inoltre dotato di una presa d'acqua attraverso la quale il palombaro può effettuare con la bocca il lavaggio del vetro[88].

L'equipaggiamento del palombaro veniva poi completato dai pesi che servivano a farlo immergere e a permettergli la permanenza sott'acqua: due placche di piombo, del peso di 25-30 chilogrammi, costituivano la zavorra fissata a dei ganci sui lati dell'elmo; esse poggiavano poi sul davanti e sulla schiena del palombaro. La divisa veniva completata con delle scarpe di cuoio, con puntale in ottone e suola di piombo, del peso di circa 18 chilogrammi.

Altri accessori erano un coltello fissato alla cintura e una robusta corda, la *braga*, affidata in superficie ad una persona addetta alla sorveglianza dell'immersione, la guida; essa poteva avere molteplici usi, innanzitutto per la sicurezza. Poteva poi servire per comunicare con l'esterno in assenza di telefono; attraverso dei segnali prestabiliti il palombaro poteva comunicare con la superficie. Mediante questa cima il palombaro poteva poi essere recuperato, in caso di estrema necessità.

Manca una cosa fondamentale, l'aria. Come veniva pompata all'interno dell'elmo? Originariamente l'aria era fornita dalla *pompa*, dispositivo manuale trasportabile, azionato per mezzo di volani. In seguito il pompaggio dell'aria verrà effettuato meccanicamente per mezzo di motocompressori. Un esempio può essere la S.I.A.S, in dotazione alla Regia Marina Militare italiana[89].

Nel corredo del palombaro trovava spazio anche una cassetta di utensili che avrebbe dovuto contenere le parti più piccole dell'attrezzatura, quali chiave inglese o le chiavi per stringere i bulloni dell'elmo, le parti di ricambio e gli attrezzi che lo aiutano nella vestizione e nel pronto intervento, come ad esempio un flacone di sapone liquido, o la soda per sgrassare e pulire il vetro dell'oblò[90].

Così si presentavano i primi tipi di scafandri, quelli di caucciù, che come vedremo successivamente, verranno man mano messi in secondo piano e poi definitivamente abbandonati in seguito all'introduzione degli scafandri rigidi totalmente in metallo.

3.4. L'immersione con gli scafandri semirigidi

L'ultima cosa da effettuare prima dell'immersione è il controllo di tutto l'equipaggiamento, affinché esso sia assolutamente integro e funzionante, il tutto assistito da due guide.

Viene poi il momento della compressione, terminata la quale al palombaro verrà assicurata la

---

86 Ibidem.
87 Ibidem.
88 http://www.bombolari.it/Immersiolano/Default.asp?id_versione=200&Ct=Art.asp&Area=156&Arg=297&Art=1264, 2016.
89 http://www.bombolari.it/Immersiolano/Default.asp?id_versione=200&Ct=Art.asp&Area=156&Arg=297&Art=1261, 2016.
90 http://www.bombolari.it/Immersiolano/Default.asp?id_versione=200&Ct=Art.asp&Area=156&Arg=297&Art=1262, 2016.

cima di sicurezza, la *braga* vista precedentemente, che verrà a sua volta legata al bordo della barca. Indossate le zavorre, il palombaro è quindi pronto per l'immersione. Essa avviene lungo una corda che era stata zavorrata a sua volta in precedenza per permetterle di stare a fondo ed essere usata come scaletta dal palombaro durante la discesa.

Durante la discesa, oltre a mantenere il giusto equilibrio di aria, il palombaro deve continuamente effettuare manovre di compensazione della pressione, o deglutendo o masticando[91]. I movimenti del palombaro, nella fase di discesa come sul fondo, sono molto limitati; infatti non può girarsi su se stesso, altrimenti causerebbe l'inevitabile avvolgimento della *braga* e della manichetta, cosa che causerebbe danni non trascurabili. Nel caso succedesse un incidente simile, anche sul fondo, solo mantenendo la calma il palombaro potrà liberarsi, cosa che comunque avviene nella grande maggioranza dei casi.

Una volta sul fondo, il palombaro deve assumere una posizione inclinata, con le mani che quasi toccano il fondo; questo è infatti l'unico modo che esso ha per muoversi con facilità. Il palombaro può regolare l'altezza delle sue immersioni, muoversi cioè verso l'alto o verso il basso, agendo sul flusso dell'aria: aprendo la manichetta lo scafandro verrà gonfiato e tenderà a risalire, in caso contrario, chiudendola, tornerà verso il basso.

Ci sono degli accorgimenti per evitare che l'aria, schiacciata all'interno dello scafandro, causi danni o lesioni al palombaro, come il vestirsi con uno spesso strato di abiti di lana che evitano che i bottoni, o eventuali trame del vestito, causino lesioni alla pelle del palombaro[92].

Una volta terminato il lavoro, il palombaro risale, sempre lungo la corda zavorrata.

Come si intuisce, con questo tipo di scafandro le immersioni non duravano tanto e comunque non venivano condotte in acque profonde, come si può notare dalla mancanza delle manovre di decompressione.

Per continuare la storia dell'evoluzione degli scafandri e delle altre attrezzature che verranno usate dapprima sull'*Artiglio* e successivamente su altre navi da recupero (e non solo, come sarà per la camera di decompressione, o camera iperbarica, presente in quasi ogni ospedale attuale), devo adesso cominciare a parlare anche di Alberto Gianni, il leggendario capo palombaro dell'*Artiglio*, a cui sono dovute moltissime delle nuove introduzioni nel campo delle ricerche sottomarine.

3.5. *La stagione del metallo*

Con l'utilizzo degli scafandri in gomma si era costretti a rinunciare a carichi di valore affondati a profondità superiori a quelle che era possibile raggiungere con essi. Serviva dunque uno scafandro che resistesse maggiormente alla pressione e che permettesse così di raggiungere profondità di gran lunga superiori.

La soluzione ovviamente fu trovata nel metallo. Era facile disegnare un apparecchio di questo tipo, che potesse resistere alla pressione esterna dell'acqua; più difficile era costruirlo.

La difficoltà era quella di costruire un apparecchio forte abbastanza da poter conservare la sua forma sotto tale pressione, e che fosse, al tempo stesso, facile da spostare per permettere, a chi l'indossasse, di muoversi liberamente sott'acqua, con le sue sole forze e senza aiuto alcuno, anche in una corrente di mare e in condizioni di tempo uguali a quelle in cui ha da lavorare un palombaro rivestito di uno scafandro di caucciù.[93]

---

91 http://www.bombolari.it/Immersiolano/Default.asp?id_versione=200&Ct=Art.asp&Area=156&Arg=297&Art=1264, 2016.
92 Ibidem.
93 Ivi, pp. 22-23.

Per resistere alla pressione uno scafandro di metallo deve basare la propria resistenza sul principio della curva. Infatti le varie sezioni, delle gambe, della vita e del tronco, devono essere più o meno circolari; non possono seguire le naturali curve del corpo umano.

Diversi furono i tentativi di costruzione e prova di scafandri metallici. Si può citare il caso del *Lafayette*, nel 1875, rigido guscio di metallo che ricordava vagamente la forma del corpo umano. Oppure lo scafandro del Carmagnolle, costruito nel 1878, con giunture meccaniche. Quello di Tasker, un americano che nel 1880 disegnò uno scafandro simile ad un'armatura ma più leggero. A questo seguì il tentativo di Buchanan-Gordon nel 1897. Gli esempi continuerebbero innumerevoli e si potrebbe scrivere un intero capitolo. Esempio però che serve ai fini del mio lavoro è quello di Siebe, Gorman & Co. di Londra.

Perché ci è utile? Perché furono i primi a inventare una semplice torretta da grandi profondità, in cui il palombaro veniva calato e che poteva usare come posto di osservazione. Ovviamente questa innovazione starà alla base della più complessa torretta di osservazione costruita da Alberto Gianni anni dopo.

Dalla scuola inglese si discostavano invece due imprenditori, già incontrati nel nostro percorso e che incontreremo ancora spesso in seguito, ovverosia i tedeschi Neufeldt e Kuhnke. Nel capitolo precedente dedicato alla fondazione della Sorima, abbiamo visto le origini dell'attività di questi due signori. Vediamo ora perché gli apparecchi da loro costruiti erano così all'avanguardia. Pur seguendo la linea degli altri scafandri, quelli tedeschi sono più leggeri e più compatti[94].

I primi scafandri rigidi della Neufeldt & Kuhnke, disegnati nel 1906, si basavano sui progetti di un inventore tedesco, Friedrich Gall[95]. Una delle principali migliorie apportate dalla HAG[96] a queste apparecchiature furono le giunture flessibili, che permettevano l'articolazione e il movimento di braccia e gambe. Il funzionamento era abbastanza semplice:

Queste giunture sono rese stagne da un panello esterno a forma di anello in gomma che preme contro la sezione sferica della giuntura. Questa giuntura di gomma lavora in modo assai simile alla palpebra umana sull'occhio. [...] Man mano che la pressione ambientale aumenta con la profondità, la copertura di gomma si sigilla sempre di più alla sfera di acciaio.[97]

Il primo apparecchio, "un apparato piuttosto goffo", come dice Scott, fu testato con successo nel 1923 in un profondo lago del Tirolo. Lo scafandro aveva tre giunture flessibili (alla spalla, al gomito e al polso) ed era costituito da un largo anello di galleggiamento attorno al corpo, e una serie di bombolette di ossigeno sulla schiena, esposte a qualsiasi tipo di danno accidentale[98].

Il secondo apparecchio era non solo più leggero, ma anche più semplice e più sicuro.

Aveva la cima a cupola liscia, e le bottiglie esterne per l'ossigeno erano protette. Le giunture rimanevano le stesse, e il loro numero rendeva piuttosto difficile il compito di prevenire le infiltrazioni d'acqua.[99]

---

94 Ivi, p. 26.
95 http://www.therebreathersite.nl/12_Atmospheric%20Diving%20Suits/1913_Neufeldt_und_Kuhnke/1913_Neufeldt_und_Kuhnke.htm, 2016.
96 Hanseatische Apparatebau Gesellschaft.
97 http://www.therebreathersite.nl/12_Atmospheric%20Diving%20Suits/1913_Neufeldt_und_Kuhnke/1913_Neufeldt_und_Kuhnke.htm, 2016.
98 D. Scott, Con i palombari dell'Artiglio, cit. p. 26.
99 Ivi, pp. 26-27.

Imparando dai precedenti errori, nei modelli successivi le giunture furono ridotte a sei. La prima volta che entrarono in azione questi scafandri fu in occasione del tentativo di recupero dell'equipaggio del sottomarino tedesco M.I, affondato al largo di Portland nel 1925.

Questo fu il modello degli scafandri che Alain Terme, in seguito grande protagonista come associato della Sorima, acquistò per tentare le sue ricerche sul transatlantico *Egypt*. E questi furono gli scafandri che verranno utilizzati, con le debite migliorie apportate dal Gianni, dall'equipaggio dell'*Artiglio*.

3.6. *Una terribile compagna di lavoro*

Prima di arrivare a parlare delle successive invenzioni di Alberto Gianni, è necessario fare un piccolo excursus su come erano i lavori subacquei prima dell'ingresso sulla scena del palombaro viareggino e dei suoi compagni, parlando anche di uno dei maggiori pericoli cui andavano incontro i palombari sin dall'inizio di questa attività, vale a dire appunto l'embolia gassosa.

L'immersione dell'uomo nudo dura solamente finché egli è capace di trattenere il fiato. Trenta secondi è il tempo medio che possiamo resistere senza risentirne danno.[100]

Di certo le tecniche e le tempistiche delle immersioni sono nettamente migliorate da quel momento. E questo grazie all'utilizzo di apparecchiature apposite.

Come abbiamo visto in precedenza, scrive sempre David Scott

Il principio base di ogni apparecchio per immersione è dunque quello di rinchiudere un uomo, o almeno la sua testa, in un recipiente di qualsiasi genere che possa venir rifornito d'aria sott'acqua, in modo che vi possa rimanere a lungo, continuando a respirare.

Per fare in modo che sia così, la prima cosa, e di gran lunga la più essenziale da fare, è l'innesto di un tubo che mette in collegamento il casco, dove è salvaguardata la testa del palombaro, con l'esterno, tramite il cui si può continuamente rifornirlo di aria pulita.

Il primo esempio di "contenitore" simile è lo scafandro di caucciù, in cui il capo del palombaro viene rinchiuso in un elmo di metallo munito di finestrini attraverso i quali gli è possibile vedere quello che sta facendo. Un tubo di gomma unisce l'elmo con un a pompa pneumatica, situata sempre sopra il livello dell'acqua. Per permettere al palombaro di muoversi senza disperdere l'aria, l'elmo è come fosse esteso su tutto il corpo per mezzo di un abito di gomma che gli è unito in modo che l'acqua non vi possa entrare.[101]

Per completare la divisa da lavoro, le maniche vengono fatte terminare con dei polsini elastici che avvolgono i polsi del palombaro in modo da non far penetrare l'acqua, ma lasciando le mani libere in modo da poter lavorare. Per far affondare il palombaro, lo scafandro viene munito di pesi di piombo all'altezza dei piedi, sul petto e sulle spalle.

Ma qui si andava incontro alle prime difficoltà; infatti ogni tipo di fluido, anche i gas presenti nell'aria, cambiano il loro grado di pressione. Il corpo umano è in grado di sopportare un certo grado di pressione, ovvero un peso di circa 14 libbre (circa 6,35 chilogrammi), perché questa pressione è ugualmente distribuita all'interno di esso. Se così non fosse, il corpo intero risentirebbe di effetti stupefacenti, come afferma Scott[102].

L'aria è composta di ossigeno e nitrogeno, o azoto, solitamente entrambi assorbiti dal sangue,

---

100 D. Scott, Con i palombari dell'Artiglio, cit. p. 11.
101 Ivi, p. 12.
102 Ivi, pp.12-13.

l'ossigeno consumato e il nitrogeno abbandonato inerte e disperso tra i tessuti e i fluidi che compongono il sangue. Quando il palombaro respira in una situazione di alta pressione, viene immessa nel sangue una maggiore quantità di nitrogeno, che viene trattenuto nei tessuti. Lì per lì, finché cioè il palombaro si trova in fondo al mare, di questa cosa non se ne accorge. Le cose cambiano una volta riemerso, specialmente quando viene ricondotto alla superficie rapidamente[103].

Quando questa pressione improvvisamente decresce, il nitrogeno si dilata ed il sangue dello sfortunato palombaro comincia a spumeggiare come una bottiglia di champagne quando viene stappata, e quando le bollicine di nitrogeno cercano di uscire a forza dai tessuti, comincia a risentire dolori atroci alle giunture e ai muscoli. È come se lo assalissero, allo stesso tempo e in tutto il corpo, dei crampi violenti.[104]

Questo male è l'embolia gassosa, un'improvvisa occlusione di un vaso venoso o arterioso determinata dalla comparsa di particelle gassose nel sangue, molto frequente appunto in chi pratica immersioni. Se non vengono prese immediate precauzioni, il dolore diviene insopportabile per il malcapitato. In seguito possono presentarsi altri sintomi e l'embolia può risultare fatale. Fortunatamente i rimedi esistono. Basta anche semplicemente ricondurre il palombaro alla profondità, o alla pressione, a cui stava lavorando perché il nitrogeno venga eliminato e i dolori scompaiano[105]. Se la pressione sarà fatta calare molto gradualmente questo gas verrà eliminato lentamente, senza il rischio che formi delle bollicine.

Se, invece la pressione viene fatta calare troppo rapidamente, riconducendo il palombaro alla superficie velocemente e senza pause, o se il palombaro viene lasciato all'aria libera troppo presto, cioè prima che i dolori siano del tutto scomparsi, questi torneranno a manifestarsi esattamente come prima[106]. Per fare un esempio, se un palombaro ha svolto il proprio lavoro in trentasette metri d'acqua per la durata di un'ora, al momento di aggallare, per ottenere una probante possibilità di disintossicarsi, salvo casi imponderabili dovrà osservare scrupolosamente le seguenti fermate: 15 minuti a 15 metri; 30 a 12; 35 a 9; 40 a 6; 40 a 3. Vale a dire un totale di due ore e quaranta minuti.[107]

Il limite di lavoro con scafandri di gomma è di 36 metri; pochi sono stati gli esempi di lavoro a profondità superiori, e comunque non sono durati più di qualche minuto. Un esempio è quello di un palombaro della Marina statunitense che, al largo di Honolulu, raggiunse la profondità di 105 metri.

Ma il caso più famoso, e più incredibile, di recupero di tesori sottomarini con scafandro di gomma è senza dubbio quello operato sul *Laurentic*, transatlantico di quindicimila tonnellate appartenente alla White Star Line, tra il 1917 e il 1924. Dai palombari della Marina da Guerra inglesi, ai comandi del capitano Damant, fu recuperato quasi il 99% del carico consistente in cinque milioni di sterline, divise in lingotti d'oro e d'argento[108].

Fu questa l'ultima grande impresa portata a termine con gli scafandri di gomma.

---

103 S. Micheli, *L'Artiglio ha confessato*, Massarosa (LU), Marco del Bucchia Editore, 2012, cit. p. 27.
104 D. Scott, *Con i palombari dell'Artiglio*, cit. p. 14.
105 S. Micheli, *L'Artiglio ha confessato*, cit. p. 27.
106 D. Scott, *Con i palombari dell'Artiglio*, cit. p. 15.
107 S. Micheli, *L'Artiglio ha confessato*, cit. p. 27.
108 D. Scott, *Con i palombari dell'Artiglio*, cit. pp. 18-19.

3.7. *Il male è sconfitto!*

È proprio dopo essere stato colpito da un'embolia gassosa che Alberto Gianni avrà l'illuminazione per una delle sue più geniali e importanti invenzioni, ovvero la cassa disazotatrice.

Nel paragrafo dedicato ad Alberto Gianni[109], ho parlato del salvataggio del sottomarino italiano S 3, di trecento tonnellate, affondato a 34 metri di profondità tra le isole della Palmaria e del Tino per un'avaria, con 40 uomini di equipaggio al suo interno. Abbiamo visto come, tra le mille perplessità e lo scetticismo dei suoi superiori, Alberto Gianni riuscì a salvare tutti e 40 i marinai. In quell'occasione, a causa della troppo prolungata immersione (sette ore), fu colpito da una grave forma di embolia.

L'azoto assorbito dai tessuti era molto e costituiva un grave pericolo: poteva facilmente lasciarci la vita. Il Gianni lo sapeva. Per liberarsene, avrebbe dovuto impiegare sei ore, secondo le norme che non ammettevano deroghe, per tornare alla superficie. Non aveva altro mezzo per evitare l'embolia gasosa di decompressione. Ma l'azoto ingerito era troppo.[110]

Alberto Gianni rimase cinque giorni in bilico tra la vita e la morte. Quando si svegliò, fu accolto dai volti commossi dei quaranta uomini a cui aveva salvato la vita. L'embolia lo risparmiò, ma gli atrofizzò l'udito dall'orecchio destro.

Anche successivamente, ai tempi del *Fert*, Alberto Gianni e i suoi compagni erano soliti sostenere immersioni giornaliere di anche otto ore. Spesso la sera venivano sorpresi da bufere improvvise e, per fare in modo che venissero rispettate tutte le norme per l'emersione, i palombari venivano trascinati a rimorchio sott'acqua. Seppure pazzesco, era l'unico modo per salvare la barca dal mare mosso e il palombaro da un'embolia quasi certa[111]. Spesso, fin troppo spesso, capitava che il palombaro, il Gianni in particolar modo, ignorasse completamente le regole, un po' per fiducia nei propri mezzi, un po' per insofferenza dell'estenuante attesa nel buio delle profondità marine. A volte andava bene, altre invece il palombaro crollava a terra e i compagni erano così costretti a rimetterlo nello scafandro e reimmergerlo per fargli fare tutta la procedura di emersione e salvarlo così dalla morte[112].

Fu però soprattutto l'incidente sull'S 3 a farlo riflettere.

Possibile non trovare un mezzo per evitare al palombaro le insopportabili lunghissime fasi d'emersione?

Alberto Gianni era deciso a fare qualcosa per supplire a questa triste sorte del palombaro. Nacque in lui l'idea di una camera, in cui il palombaro veniva messo una volta emerso e in cui veniva riportato alla stessa pressione atmosferica alla quale aveva lavorato. Ma tutto questo alla luce del sole. Basta lunghissime soste nel buio delle profondità marine.

Stiamo parlando della cassa disazotatrice, nata nelle officine di Assuero Baroni. Perfezionata in seguito, arriverà ad essere la camera iperbarica di cui oggi ogni ospedale è fornito.

Era una cabina metallica ad autoclave, di forma cilindrica, entro la quale il palombaro, introdotto non appena emerso senz'alcuna fermata dal fondo, trovava una pressione atmosferica eguale a quella a cui aveva lavorato e respirato sott'acqua. Pressione che, regolata da opportune valvole, veniva fatta decrescere in modo da rispettare i tempi relativi alle varie fermate, fino a raggiungere quella normale al livello del mare.[113]

---

109 Vedi paragrafo 4.3., Alberto Gianni, il leggendario palombaro.
110 S. Micheli, L'Artiglio ha confessato, cit. p. 26.
111 Ivi, p. 31.
112 Ibidem.
113 Ivi, pp. 33-34.

La camera di decompressione permetteva quindi al palombaro di emergere velocemente, facendo gonfiare il proprio scafandro. Una volta nella camera poteva essere in grado lui stesso di regolare a poco a poco la pressione, seguendo le indicazioni poste sulla tavola di immersione[114]. Fu questa una delle più grandi invenzioni di Alberto Gianni. Che però non la brevetto; al geniale palombaro rimase sempre estranea l'idea di arricchire il proprio lavoro per poi farne mercato.

3.8. *"Pensa al tuo lavoro, ragazzo!"*

Tutte le innovazioni e le invenzioni rivoluzionarie che ritroveremo poi a bordo dell'Artiglio e che ne faranno una nave all'avanguardia nel campo dei recuperi marittimi, sono tutte o quasi attribuibili, come appena detto, ad una sola figura, quella di Alberto Gianni.

La prima esperienza nel campo inventivo fu quella del moto-economo, ai tempi del vergasecca[115] *Domenico*. Mentre si trovava in navigazione al largo di Porto Vecchio, a sud della Corsica, un'improvvisa accalmia[116] lasciò il *Domenico* in balia delle onde, fino a quando non tornò il vento che rimise in movimento la nave. Al Gianni venne così in mente di sfruttare l'energia del mare, e non più solamente quella eolica per permettere alle barche di muoversi. Pensò quindi di trasformare il rollio della barca in un moto rotatorio in grado di azionare una piccola elica. Sul momento confessò la propria intuizione ai marinai, che però si mostrarono più che scettici; non tanto per l'idea in sé, quanto per il fatto che il giovane doveva, appunto, "pensa[re] al suo lavoro"[117]. Il ragazzo però non si diede per vinto: nei suoi progetti, sempre ottimamente disegnati e dettagliati, era prevista la sistemazione di un grosso pendolo nella parte poppiera della stiva, collegato a una pesante massa che, sotto l'azione continua del rollio, scorrendo da una banda all'altra avrebbe impresso (mediante un opportuno congegno a ingranaggi) una veloce rotazione e in un unico senso all'asse portaelica.[118]

Tale progetto fu messo in atto e il moto-economo venne installato su di una piccola imbarcazione[119]. Non solo funzionò, ma i risultati furono talmente soddisfacenti che la voce si sparse a tal punto che ad interessarsene fu addirittura la *Domenica del Corriere*, che dedicò ampio spazio al moto-economo e al suo giovane inventore, Alberto Gianni. Sfortunatamente l'invenzione del motoeconomo coincise con l'applicazione dei primi motori a nafta e l'invenzione del Gianni finì tra i rottami di un'officina viareggina[120].

3.9.a. *Un nuovo modo di esplorare le profondità marine: la torretta butoscopica*

Nel periodo in cui la Sorima si dava da fare per trovare le attrezzature per i suoi uomini e per le sue imbarcazioni, il Quaglia ricevette un invito dalla Neufeldt & Kuhnke per assistere al collaudo di un nuovo scafandro da grandi profondità.

Ovviamente, in quanto più esperto, sul lago di Como, luogo della dimostrazione, fu inviato Alberto Gianni.

Sul posto, il Gianni, essendo sconosciuto ai presenti, si teneva in disparte rispetto agli latri tecnici presenti, tutti concordi sulla perfetta riuscita dell'esperimento. Il viareggino si fece

---

114 Apposite tabelle, fornite successivamente dalla Marina, con le indicazioni sulla diminuzione della pressione atmosferica all'interno della camera disazotatrice.
115 Imbarcazione a vele quadre con tre o più alberi.
116 Bonaccia.
117 S. Micheli, L'Artiglio ha confessato, cit. p.15.
118 Ivi, p. 21.
119 B. Giannaccini, Alberto Gianni, capopalombaro dell'Artiglio, a cura di F. Flego, Viareggio (LU), Pezzini editore, 2011, pp. 8-9.
120 S. Micheli, L'Artiglio ha confessato, cit. pp. 21-22.

avanti solo quando il palombaro con il nuovo scafandro stava per essere calato in acqua.
Scusate, siete ben sicuri che resista? Man mano che scende, lo scafandro tende a prillare per effetto delle correnti sulle braccia divaricate, lo sapete. E saprete anche che lo sforzo maggiore si verifica proprio lì, nel punto di attacco. Anche negli scafandri che ci avete fornito, dopo le prime prove io stesso ho dovuto cambiare il cavo in quel punto. E non basta aumentare le dimensioni. Inoltre, a osservarlo bene, anche l'attacco mi sembra deboluccio e con gli spigoli troppo vivi. È pericoloso, badate, per un cavo che tende a prillare![121]

Fu completamente ignorato dai presenti, che neanche si volsero a guardarlo. "C'est un italien!". Questa fu l'unica reazione causata dall'intervento di Alberto Gianni.
Iniziarono così le fasi di immersione del palombaro, un giovane allegro e parecchio sprezzante, probabilmente per mascherare la tensione del momento. Fu calato a cento, poi a centoventi metri di profondità.
Il Gianni teneva d'occhio il cavo che continuava a torcersi sempre più velocemente, sempre più pericolosamente. Ad un certo punto il telefonista, in contatto con il palombaro immerso, divenne pallido e muto. Era successo quello che Gianni aveva previsto: il cavo di sospensione non aveva retto, e si era spezzato. Gli organizzatori non avevano a disposizione né uno scafandro di soccorso, né una benna né altro; il destino del giovane palombaro era segnato[122].
Come era già successo dopo l'esperienza dell'S. 3, il Gianni pensò e ripensò all'accaduto, cercando una soluzione che potesse evitare un'altra tragedia simile. Era già arrivato alla conclusione che uno scafandro rigido e pesante non solo era inutile a quelle profondità, ma era anche estremamente pericoloso, come ha ben dimostrato la sciagura del lago di Como. Lo scafandro doveva essere in grado, secondo il palombaro viareggino, di rendersi indipendente dal cavo stesso, in caso di bisogno.
Nacque così l'idea della torretta, o occhio.

L'uomo deve rappresentare soltanto l'occhio che osserva. [...] E' assurdo pretendere che a cento e più metri di profondità, bloccato da pressioni esterne sproporzionate, egli possa usare le mani e le gambe. È assurdo e sbagliato. Il palombaro dovrà essere soltanto l'occhio e il cervello della nave di recupero.[123]

Come abbiamo visto in precedenza David Scott, nel suo *Con i palombari dell'Artiglio*, aveva affermato che anche già altri, gli inglesi Sandberg e Swinburne nello specifico[124], stavano progettando un semplice involucro rigido in modo da fare di lui (del palombaro) solamente il cervello direttore della nave per ricuperi che avrebbe dovuto compiere il lavoro per mezzo di macchine, sotto il suo controllo.[125]

Il progetto degli inglesi non prese mai forma appunto perché questa torretta fu progettata da Alberto Gianni e usata dalla Sorima.
La prima torretta butoscopica, così si chiamerà l'invenzione, fu costruita su disegni del Gianni nelle officine del fedele Assuero Baroni che, come abbiamo visto, aveva già fatto parte con il Gianni e il Francesconi della società di recuperi "Gianni e Francesconi", nel 1921[126].

---

121 S. Micheli, L'Artiglio ha confessato, cit. p. 59.
122 Ivi, p. 60.
123 Alberto Gianni, in S. Micheli, L'Artiglio ha confessato, cit. p. 61.
124 Ibidem, nota.
125 D. Scott, Con i palombari dell'Artiglio, cit. pp. 24-25.
126 B. Giannaccini, L'Artiglio, epopea della palombaristica viareggina, Viareggio, Pezzini Editore, 2014, pp. 29-30.

Com'era e come funzionava nello specifico questa torretta? Scrive Micheli:
Richiamava l'aspetto di uno smisurato baco da seta sospeso al suo filo, la componevano due corpi cilindrici complessivamente di un metro e novanta, la testa era semisferica. Nell'insieme poteva ricordare lo scafandro rigido, privo però di gambe e braccia, e quindi di giunture flessibili. Quattro oblò radiali, sormontati da altrettanti piccoli oblò, permettevano al palombaro di vedere in ogni senso. Importante l'idea della zavorra, una specie di blocco di ghisa che all'occorrenza veniva a funzionare da ancora; mentre invece, se sganciata, permetteva alla torretta di salire a «pallone» alla superficie.[127]

La zavorra poteva essere abbandonata in due modi: il palombaro poteva sganciarsi dal cavo di sospensione, mediante la crocetta[128], e successivamente, con un piccolo paranco, sganciare la zavorra; nel secondo caso invece bastava eliminare la zavorra mediante il piccolo volante posto sul fondo della torretta[129].

La prima torretta d'esplorazione fu collaudata prima a vuoto in trecento metri d'acqua e successivamente con lo stesso Gianni al suo interno, a 76 metri di profondità. Risultò idonea e sicura e venne così subito adottata dalla Sorima.

Con la torretta finiva finalmente l'incubo di rimanere bloccati sul fondale senza speranza di salvezza. Inoltre, il lavoro veniva completamente affidato alle macchine. Il palombaro però, con le parole di Alberto Gianni, rimaneva l'occhio e il cervello della nave di recupero.

3.9.b. *Un nuovo modo di esplorare le profondità marine: benne, ganci e "meccanica"*

Per concludere bisogna spendere anche qualche parola sulle attrezzature che permettevano concretamente ai palombari di recuperare i resti dei relitti: le benne.

Alberto Gianni ne inventò diversi tipi, assieme a tutta una serie di ganci, grappi e uncini. Quella più importante, più caratteristica, è senza dubbio la *benna a polipo*, di origine tedesca, opportunamente modificate nei congegni e nelle marre, ossia le estremità appuntite dei bracci. Questa era una specie di immensa tenaglia, capace di artigliare i carichi sui fondali e portarli alla luce del sole.

Molte altre indispensabili benne furono ideate e costruite dal Gianni. Suoi furono inoltre diversi grappi, uncini e ganci, che servivano ad alleggerire il lavoro degli uomini e a perfezionare quello meccanico. Se il Gianni poteva perfezionare qualcosa per renderlo ancora migliore lo faceva.

Altra invenzione ingegnosa e di grande utilità fu la *sella*, situata all'interno dello scafandro per permettere al palombaro di lavorare comodamente seduto, senza dover stare ore e ore in piedi[130].

Di grande ingegno fu l'introduzione di un gancio automatico, comunemente detto *gancio a scocco*, che avrebbe permesso di afferrare con estrema facilità e grande risparmio di fatiche, come sottolineato dall'autore in *L'Artiglio ha confessato*, i cavi metallici che ancoravano le boe al fondale[131].

Di Alberto Gianni fu anche l'idea delle *carte quadrettate*, che servivano a localizzare sul fondale il punto esatto in cui si doveva compiere un lavoro.

Come abbiamo già visto in precedenza, sulle navi della Sorima vennero modificato sostanzialmente anche gli scafandri della Neufeldt & Kuhnke, prima diminuendo sensibilmente le

---

127 S. Micheli, L'Artiglio ha confessato, cit. pp. 66-67.
128 Manovella del gancio a scatto automatico per svincolare la torretta dal cavo portante.
129 S. Micheli, L'Artiglio ha confessato, cit. p. 67.
130 Ivi, p. 64.
131 Ibidem.

giunture, dalle quali era più facile filtrasse l'acqua, fino ad arrivare alla torretta butoscopica descritta precedentemente.

Con queste attrezzature, in che condizioni si trovavano a lavorare i palombari? E soprattutto, come si faceva a trovare e riconoscere un relitto?

È quello che cercherò ora di spiegare nel prossimo paragrafo.

3.10. *L'ambiente sottomarino*

Una volta sul fondo per il palombaro iniziava la danza in mezzo a foreste di un'assurda vegetazione popolata di fiori dai pallidi colori evanescenti. Pesci dalle forme bizzarre, ma anche mostruose, ingentiliti dai curiosi disegni appena colorati, guizzavano ora placidi ora irrequieti attorno allo scafandro. Spesso occhieggiavano dalle foreste d'alghe che tremolavano alla corrente come mosse dal vento.[132]

In queste condizioni quindi il palombaro, quasi accecato dalla sabbia alzata dal suo movimento sul fondale, può solamente intravvedere gli imprecisi contorni delle cose che lo circondano. Non è facile orientarsi, figuriamoci riconoscere il relitto che si sta cercando. Spesso, pur se in acque poco profonde, il relitto può essere visto solo poco alla volta dal palombaro, e solo se ci si trova abbastanza vicino.

Un rottame gli appare, dapprima, come una oscura muraglia che gli nasconda una parte del mondo color verde pallido in cui egli si muove. Quando vi giunge vicino, il nero cancella ogni altra visione e allora, se giunge proprio contro il fianco dello scafo scopre qualche particolare, un oblò rotondo, una fila di teste di rivetti, una colonnetta, un metro o due del coronamento, forse un'ancora, un lucernario, o il piede di un albero.[133]

Trovato il relitto, bisogna vedere se effettivamente è quello che si stava cercando. Spesso, come sarà per l'*Elizabethville* e per l'*Egypt*, i loro relitti si trovavano in zone molto trafficate, quindi era facile imbattersi in altri relitti di navi affondate in quei luoghi. Come vedremo successivamente durante le ricerche dell'*Elizabethville*, le cose andarono proprio così, ma ne parlerò meglio più avanti.

Per identificare una nave quindi il palombaro deve girare attorno alla prua o alla poppa, e leggerne il nome (se non è corroso dalle ruggine, o ricoperto di alghe, come il più spesso accade), o ricordare particolari della sua costruzione come li ha visti sui modelli, sui piani e sulle fotografie che ha studiato prima dell'immersione; ne deve cercare i punti caratteristici uno per uno, e paragonarli con l'immagine che ha impressa nel cervello.[134]

Per rendere più agevole il compito, il palombaro può memorizzare alcuni elementi peculiari della nave, quali una gru o un ventilatore particolare, riconoscibili a prima vista, sempre che abbia la fortuna di trovarvicisi davanti o che la nave sia affondata da poco, oppure ricordare il colore dello scafo o, ancora meglio, della ciminiera. Questo però accade raramente, dato che generalmente i colori che servirebbero al riconoscimento della nave sono svaniti da tempo, sotto l'azione di alghe e ruggine che rendono il relitto una massa informe color rosso bruno-verdastro. Spesso anche la forma originaria della nave risulta compromessa, affondando, la carcassa della nave è sottoposta ad una pressione alla quale non può resistere, e quest'ultima schiaccia e fa crollare tutti i compartimenti chiusi, ancora non invasi dall'acqua. Lavoro poi

---

132 Ivi, p. 78.
133 D. Scott, Con i palombari dell'Artiglio, cit. pp. 40-41
134 Ivi, p. 41.

completato dalle correnti, che con i loro movimenti creano degli sbalzi di pressione al passare
di ogni onda; questo inesorabile lavorio causerà che i rivetti si smuovano, torcerà le divisioni
e finalmente farà si che la nave, sotto il peso delle sue stesse parti sconnesse, si smantelli tale e
quale succederebbe ad un suo modello di cartapesta, tenuto insieme con della colla, abbandonato in un bacino pieno d'acqua.[135]
Come vedremo, queste saranno anche le condizioni in cui verrà trovato il relitto dell'*Elizabethville* dagli uomini dell'*Artiglio*.

---

135 Ivi, p. 42.

▲ Esempio di elmo dello scafandro di gomma

▲ La torretta butoscopica dell'Artiglio

Capitolo IV
PRESENTAZIONI

Con questo capitolo si apre la parte centrale del mio lavoro. Infatti prenderò in considerazione ed analizzerò l'Artiglio, il suo equipaggio.
Prima di partire con l'analisi, è bene partire dalle presentazioni, come è d'uso comune.

· **LE NAVI**

4.1. L'artiglio
Partiamo dalla protagonista vera e propria, ossia la nave stessa, l'*Artiglio*. Quando al Gianni venne affidato il compito di completare l'attrezzatura della flotta della SO.RI.MA., si trovò di fronte a quattro vapori, cioè il Rostro, il Raffio, l'Arpione e, appunto, l'Artiglio. Quest'ultimo era il più grosso dei vapori della flotta: pesava 284 tonnellate ed era lungo 46,85 metri; "pareva più grande di quanto non fosse [...] si appoggiava sull'acqua come fanno le navi della sua specie"[136], una "barca in ferro, scafo sottile non privo di grazia, sebbene alto di prua e con la coperta fortemente incurvata"[137]. Era stato costruito nel 1906 ad Hull, presso il cantiere Mackie & Thomson, ed inizialmente veniva utilizzato come peschereccio per la pesca a strascico; doveva infatti essere la base della flotta peschereccia e servire da nave-rifornimento, e questo giustifica le grandi dimensioni dell'Artiglio, denominato allora "Machbet"[138]. Durante la I Guerra Mondiale fu utilizzato come dragamine. Venne poi acquistato alla fine della guerra dal Commendator Quaglia per entrare a fare parte della flotta della Sorima. Sotto l'attenta supervisione del suo capopalombaro, l'Artiglio cambio completamente faccia: degno di nota, e anche di facile individuazione, era il nuovo albero tubiforme in acciaio che portava un braccio a gru mosso da un argano a vapore, che andava a sostituire il vecchio albero di trinchetto. Questo nuovo albero era installato davanti al boccaporto principale. Altri verricelli erano stati collocati sui ponti, sul castello di prua e al centro[139]. Seguendo la descrizione della nave fatta da David Scott nel libro "Con i palombari dell'Artiglio", sul tetto della cabina di navigazione, grazie alla presenza di una ringhiera, si veniva a creare una piattaforma dalla quale l'ufficiale di recupero poteva tenere d'occhio come procedeva il lavoro, dove erano piazzate le boe. Sopra il lucernario della sala macchine, e dietro alla ciminiera, dipinta con i colori del tricolore italiano, c'era invece il locale della radio. Tutto questo dava all'Artiglio "più l'aspetto di una nave da guerra, che non del pacifico lavoratore che infatti era"[140].

4.2. Il Rostro, il Raffio e l'Arpione
Le altre tre navi, cioè il Rostro, il Raffio e l'Arpione, erano invece di produzione giapponese, più piccole, anche se di poco (pesavano all'incirca sulle 250 tonnellate). Durante la guerra vennero usate dalla Marina italiana come cacciatrici di sommergibili[141].

---

136 D. Scott, Con i palombari dell'Artiglio, cit. p. 61.
137 S. Micheli, L'Artiglio ha confessato, cit. p. 57.
138 D. Scott, Con i palombari dell'Artiglio, cit. p. 61.
139 S. Micheli, L'Artiglio ha confessato, cit. p. 57.
140 D. Scott, Con i palombari dell'Artiglio, cit. p. 62.
141 S. Micheli, L'Artiglio ha confessato, cit. p. 57

Dopo questa introduzione, in cui si è parlato della flotta vera e propria, è giunto il momento di parlare dei fautori materiali dei formidabili recuperi sottomarini portati a conclusione sotto la supervisione del Quaglia e della Sorima, e ai comandi, all'inizio della sua epopea, nel 1928, prima del capitano Tomei poi del capitano Bertolotto, vale a dire l'equipaggio.

L'EQUIPAGGIO

4.3. Alberto Gianni, il leggendario palombaro

La figura di certo più carismatica era senz'altro quella di Alberto Gianni, colui al quale si devono tutte, o quasi, le innovazioni tecniche introdotte sulla nave.

Il Gianni, così come lo descrive Silvio Micheli nel suo testo *L'Artiglio ha confessato* era "un pezzo d'uomo, alto un metro e ottantadue, con centodieci di petto e un paio di braccia che sembravano cosce. [...] Era di umore gioviale e non disdegnava la compagnia [...] nonostante la sua figura sviluppata e l'incredibile forza, mostrava un aspetto bonario". Sul lavoro diventava un'altra persona: "trovava sempre da fare qualcosa di nuovo e di meglio per renderlo (*il lavoro*) meno sciocco e rude. [...] ai vizi sapeva mettere un freno. Abituato a guadagnarsi il pane sul mare, sapeva vivere in modo semplice e parco"[142].

Dopo questa breve presentazione del capopalombaro dell'Artiglio, vediamo il percorso che ha portato Alberto Gianni ha diventare uno dei palombari più famosi d'Italia e del mondo.

Alberto Gianni, viareggino purosangue, era nato nel 1891. Sin dalla tenera età venne iniziato agli "sbruffi del mare"[143]. Ha 7 anni quando viene inviato dal padre su una nave, a lavorare come mozzo.

La prima nave su cui si hanno notizie certe che vi lavorò, come abbiamo visto in precedenza, fu il *Domenico*, un bastimento a scafo leggero, simile ad una goletta[144], comandata dal cognato Domenici. Si hanno notizie di una permanenza del Gianni a bordo di questa nave soprattutto perché in questo periodo si distinse per una scoperta abbastanza singolare: il ricordo di un naufragio scampato per un soffio, fece nascere nel Gianni un'idea per volgere a proprio favore le bonacce che solitamente si dimostravano un ostacolo insormontabile per i marinai. Nacque così il progetto del motoeconomo, che abbiamo già visto in precedenza.

Iniziato il servizio militare il Gianni chiese subito di essere provato come palombaro, il suo sogno da sempre. Venne quindi spedito al Varignano di La Spezia, dove aveva appunto sede una delle migliori scuole per palombari, e qui venne dichiarato idoneo. Comincia quindi qui l'avventura come palombaro di Alberto Gianni, avventura che lo portò a grande gloria.

Il primo imbarco fu sul *Regina Elena*, nel 1911. La prima esperienza sul campo, o meglio, in mare fu in occasione della riparazione della prua dell'incrociatore *Saint-Bon*, in avaria al largo di Bengasi. Il Gianni si presentò subito come volontario, indossò lo scafandro di gomma e si fece calare. Trovata la falla vi lavorò per oltre quattro ore, in balia della pressione e della corrente. Si spinse ben oltre i suoi limiti ma riuscì nell'impresa, che gli costò semplicemente un risveglio in infermeria, guardato dai superiori "come un pesce raro"[145].

Altra occasione per il giovane palombaro di mostrare il suo carattere fu il tentativo di sal-

---

142 Ivi, p. 22.

143 Ivi, p. 19.

144 Ivi, p. 20.

145 Ivi, p. 24.

▲ Aristide Franceschi, Alberto Gianni e Alberto Bargellini, palombari leggende dell'Artiglio

vataggio dell'equipaggio del sottomarino S. 3, affondato in 34 metri tra le isole di Tino e Palmaria. Arrivati sul posto, i palombari avevano ricevuto l'ordine di riportare in superficie il sommergibile utilizzando una serie di galleggianti, che avrebbero dovuto essere fissate alle maniglie attorno allo scafo. Tutto ciò era impedito dalla posizione del sommergibile: era infatti adagiato in uno spesso strato di fango, che rendeva impossibile arrivare alle sopracitate maniglie. Al che il Gianni, provato, come i suoi compagni, da ore di tentativi inutili, riferì ai comandanti che mai si sarebbero potute raggiungere, e tanto meno utilizzare, le quattro maniglie. Ovviamente i comandanti non prestarono ascolto al giovane palombaro, altrimenti "non sarebbero stati militari"[146]. Non maggiore appoggio venne dagli istruttori della scuola, il capo Varese e il sottocapo Bernardini. Si ripresero quindi i soliti tentativi, fino ad un nuovo intervento del Gianni, questa volta assecondato. La sua idea era quella di tirare fuori il sommergibile dal fango con un pontone. L'idea venne accolta da un vecchio marinaio, l'ammiraglio Cagni, che fece trasportare sul posto il pontone. Il Gianni si fece calare di nuovo, stette sott'acqua per sette ore, periodo lungo di permanenza. Troppo lungo. L'azoto ingerito era troppo. Fu trasportato in ospedale dopo un'inutile lenta emersione[147].

Una cosa ormai nota di Alberto Gianni è la sua capacità di trarre qualcosa di positivo, "qualche cosa di nuovo e di meglio", come afferma Micheli, dal suo lavoro. Cominciò a rimuginare, a riflettere sull'accaduto. "Possibile non trovare un mezzo per evitare al palombaro le insopportabili lunghissime fasi d'emersione?"[148]. La risposta fu, come è noto, la camera di disazotatrice, che sarà alla base delle camere iperbariche presenti in quasi tutti gli ospedali attuali.

---

146 Ivi, p. 25.
147 Ivi, p. 26.
148 Ibidem.

Di questo parleremo però più avanti, adesso continuiamo con la storia di Alberto Gianni.

Finita la guerra venne il momento dell'inoperosità per Gianni e gli altri palombari. Con la speranza di una prossima chiamata al lavoro, il palombaro viareggino studiò e conseguì il titolo di capitano di piccolo cabotaggio (i fogli del padrone[149]). Alla fine un'opportunità di lavoro arrivò, era il 1920: venne chiamato infatti dall'ammiraglio Solari di La Spezia. Si trattava di un lavoro al largo delle coste spagnole, per la precisione al largo di San Carlos de la Ràpida: il salvataggio di una nave trasporti torinese affondata in 34 metri d'acqua, il *Fert*, "carico di ottomila bidoni di benzina e seimila tonnellate di acciaio in lingotti"[150].

Dopo essere stato istruito sul da farsi, ma anche sulle modalità di pagamento (ricevette un lauto anticipo), il Gianni tornò a Viareggio, dove entrò in società con Giovanni Francesconi, altro noto palombaro. Presero con loro altre figure: Craveri di Ancona, Battistoni di La Spezia, e, colui che diventerà parte dell'equipaggio dell'Artiglio, ossia Carlo Domenici, nipote di Alberto Gianni.

Ripartiti alla volta della Spagna, dopo varie ricerche, acquistarono infine un vecchia barca, il *Ramis Primero*, da loro ribattezzato *Nereide*.

Il recupero del carico del *Fert* fu lungo e faticoso (i palombari sostenevano anche turni di otto ore di immersione). I bidoni dovevano essere rimossi e fatti rotolare ad uno ad uno attraverso il boccaporto. A questo si aggiungeva un problema di natura puramente fisica, vale a dire il peso specifico della benzina stessa. Infatti, pesando meno dell'acqua, essi tendevano sempre a schizzare verso l'altro e a schiacciare i palombari contro la coperta. Per non parlare dei problemi legati alla pressione e alle spesso conseguenti embolie.

Il lavoro in ogni caso procedeva spedito, almeno fino a un piccolo errore di distrazione non causò l'incendio del *Nereide*. Essendo il legno della nave impregnato dalla nafta, era bastata una piccola scintilla per scatenare l'incendio. I palombari si salvarono usando le scialuppe[151].

Ma ormai il Gianni e i suoi compagni avevano dimostrato quali risultati poteva dare il loro lavoro, e non fu difficile trovare gente disposta ad offrire aiuto e lavoro.

Tornato a Viareggio, Gianni riuscì a mettere in acqua, nel cantiere del *Tistino*, una nuova bella barca di legno, di circa 180 tonnellate, denominata nuovamente *Nereide*. Il nuovo *Nereide*, come già accennato nel capitolo precedente, era una barca in legno di 180 tonnellate con motore a nafta[152].

Verso la fine del 1925, di ritorno a Viareggio, il Gianni e il Francesconi fondarono una vera e propria società di recuperi e salvataggi. Il lavoro con più risonanza internazionale, come lo definisce Micheli, fu quello sul *Cruz*, grosso vapore spagnolo caricato con pellami e tessuti, affondato al largo di Oristano.

Dopo aver ascoltato e confutato la versione del capitano, secondo cui la nave aveva sbattuto contro le rocce dello Scoglio del Catalano, insidiosa formazione rocciosa di 700 metri di diametro e altezza massima di 12 metri nelle vicinanze di Capo San Marco[153], ed era affondata in duecento metri d'acqua. Non era vero. Infatti la nave, dopo la collisione, si era fortunatamente adagiata su quell'isolato scoglio, a soli quaranta metri di profondità, evitando la voragine di centinaia di metri che lo attornia.

---

149 Ivi, p. 29.
150 Ivi, p. 30.
151 Ivi, pp. 32-33.
152 Ibidem.
153 http://www.arcamarinasinis.it/it/sinis-rev-1/ambiente/le-piccole-isole/il-catalano/index.aspx?m=53&did=1794, 2016.

Gianni e Francesconi, "i cui nomi, sebbene timidamente, avevano già varcato quei mari"[154], furono i palombari a cui si rivolse la compagnia assicurativa inglese proprietaria della nave. Fu questo, il poter entrare in buoni rapporti con gli inglesi che spinse i due ad accettare.

Nel 1926 Gianni e Francesconi, accompagnati dalla sempre presente moglie del primo, Maria Micheli, sposata nel 1915 e da quel momento sempre al fianco del marito[155], si recarono quindi in Sardegna con il nuovo *Nereide*. Il lavoro fu completato nel giro di alcuni mesi, anche se il mare aveva ormai reso inservibile praticamente tutto il carico. Il carico non era però l'interesse principale della compagnia inglese; infatti, insospettiti dalla precedente stipula di una polizza di quaranta milioni di lire collegata alle sorti della nave, essi vollero conoscere le vere cause dell'affondamento. A tale scopo convocarono sul posto una squadra di tecnici e ingegneri, accompagnati da due palombari-giurati i quali, una volta completate le immersioni di routine nella stiva, arrivarono a conclusione che le prese d'acqua esistenti nella sentina, i cosiddetti *kingstons*[156], atti a convogliare l'acqua da possibili falde attraverso vasche di raccolta, risultavano perfettamente chiuse. Non contenti di questa perizia, che li avrebbe obbligati a sborsare i quaranta milioni della polizza, gli assicuratori chiesero quindi al Gianni e al Francesconi di verificare loro stessi quanto affermato dai colleghi inglesi.

I due scesero subito, e altrettanto velocemente si accorsero dell'errore in cui erano incappati gli inglesi. Errore che definire grossolano è dire poco. Secondo i viareggini infatti, non solo le prese d'acqua non erano chiuse, ma anzi, erano aperte al massimo! Questo errore poteva essere stato causato dalla posizione dei volantini, organi a forma di ruota che permettono di avviare o chiudere apparecchi o circuiti idraulici, che risultavano avvitati al contrario, ossia verso l'alto.

La versione presentata dai palombari italiani ebbe riconoscimento durante il processo che si tenne a Londra successivamente. Il capitano della nave, ritenendo di trovarsi in una zona notoriamente piena di voragini sottomarine, aveva ben deciso di aprire le valvole e lasciare che il *Cruz* si inabissasse, per intascare poi i soldi dell'assicurazione. Egli non aveva fatto i conti però con la sfortuna prima dell'incagliamento della nave a una profondità facilmente raggiungibile, poi di incontrare sulla sua strada due palombari tanto esperti quanto precisi come Alberto Gianni e Giovanni Francesconi. Questa vicenda valse ai palombari viareggini un enorme riconoscimento anche a livello internazionale[157].

Non era tutto rose e fiori però per i nostri palombari. La sfortuna infatti perseguitava la loro imbarcazione, il *Nereide*. Anche questa volta, durante il viaggio di ritorno finite le operazioni sul *Cruz*, un ritorno di fiamma del motore fece incendiare il filtro vicino al carburatore. Il carburante subito cominciò a fuoriuscire e di lì fu un attimo perché l'incendio si propagasse a tutta la barca, impregnato com'era lo scafo di olio e nafta. I malcapitati palombari vennero recuperati preso le isole Mal di Ventre e ricondotti a Oristano.

È vero, furono ancora una volta sfortunati. Ma lo scandalo del *Cruz* aveva guadagnato a Gianni e Francesconi una discreta fama. Tornato finalmente a Viareggio, fu infatti per il Gianni molto facile trovare armatori disposti ad entrare nella società con lui e il Francesconi[158].

Si armò una nuova imbarcazione, 250 tonnellate di ferro, finalmente verrebbe da dire,

---

154 S. Micheli, L'Artiglio ha confessato, cit. p. 36.
155 Ivi, p. 35.
156 Ivi, p. 36.
157 Ivi, pp. 36-37.
158 Ivi, p. 38.

e munita di motore a vapore. Venne battezzata *Naiade*, così come la società che da quel momento prese vita[159].

Con il *Naiade* il Gianni si apprestò al recupero del carico di una vecchia nave da guerra russa, affondata nei pressi di Port Said. Si trattava del *Perisviet*, nave da duemila tonnellate di peso, il cui carico si componeva di bronzo ed altro materiale. I lavori si protrassero fino al 24 marzo 1927, quando il bronzo recuperato fu venduto a mercanti inglesi e greci, che avevano seguito le fasi di recupero[160].

4.4. *Parola d'ordine "Trovare": Aristide Franceschi, il "Bargagli"*

Attorno ad Alberto Gianni crescevano intanto nuove generazioni di palombari.

"Con lui si imparava il mestiere, l'arte, potremmo anche dire, del lavoro sotto marino"[161].

Per essere palombari bisogna prima di tutto essere buoni marinai, carpentieri, fabbri, meccanici, calafati e non basta: poiché di tutti questi mestieri si deve avere anche il pallino. Tutto ciò ce può capitare e capita laggiù, non è come tutto ciò che avviene alla luce del giorno. [...] Laggiù sott'acqua non c'è che il palombaro, e tutti gli altri si fidano di lui.[162]

Non era un lavoro solo "emblema del fegataccio", come lo definisce Silvio Micheli, quindi. "Se davvero non hai paura di niente, allora mi fai paura: potresti combinare dei guai"[163].

Una di queste persone che giravano intorno al Gianni fece la propria comparsa al suo fianco durante i lavori sul *Perisviet*. Costui era Aristide Franceschi.

Era un colosso. Il suo aspetto che a prima vista incuteva soggezione [...] diveniva invece cordiale, e quasi sempre conciliante. [...] Rideva volentieri. Cominciavano a ridergli gli occhi, gli occhi che un attimo prima sembravano guardare le cose come fossero mare in burrasca. Sarebbe difficile immaginare uno spettacolo più eccitante dell'impeto con il quale si gettava in ogni impresa, posseduto com'era da un'energia demoniaca. [...] Se col Gianni non poteva competere in ingegno, poteva stargli accanto in quanto a coraggio e bontà di cuore.[164]

Tre anni più giovane di Alberto Gianni, anche il Franceschi era diventato palombaro durante il servizio militare.

Debuttare con palombari della stoffa di Alberto Gianni e Giovanni Francesconi era impresa assai ardua, "c'era da rimanere recluta tutta la vita"[165]. Ma nonostante ciò il Franceschi venne considerato subito un esperto dai suoi compagni e promosso nel giro di poco tempo a "terzo" di bordo, ossia terzo palombaro a bordo del *Naiade*.

Personaggio comunque particolare il Franceschi. Non c'era relitto che venisse risparmiato dalla visita precisa e particolareggiata del giovane palombaro. Durante le pause dal lavoro egli si immergeva, guidato dalla smania di afferrare oggetti, anche insignificanti, "eccitato dal verbo *trovare*"[166], e portarli con se in superficie, per custodirli poi con gelosia nella sua sacca.

Un evento in particolare viene ricordato; durante lo smantellamento del *Perisviet*, mentre si stava lavorando presso il boccaporto, Franceschi ne approfittò per tentare una "fuga" per an-

---

159 Ibidem.
160 B. Giannaccini, Alberto Gianni, cit. p. 15
161 S. Micheli, L'Artiglio ha confessato, cit. p. 39.
162 Alberto Gianni, ivi, cit. pp. 38-39.
163 Alberto Gianni, ibidem.
164 Ivi, p. 41.
165 Ivi, p. 42.
166 Ibidem.

dare a dare una sbirciatina all'interno, nonostante l'esplicito divieto del Gianni.

Attraverso il boccaporto, l'avventuroso palombaro era sceso da basso, dove si apriva davanti a lui un lunghissimo corridoio invaso da un'acqua color verde bottiglia. Le porte delle cabine si aprivano e chiudevano per il rollio dell'acqua. Incantato da quella vista, Franceschi per un bel pezzo rimase fisso a guardare. Infine si decise a muoversi, ed entrò nella prima porta alla sua destra; cominciò ad avanzare cauto, essendo a conoscenza del fatto che comunque il *Perisviet* era affondato con oltre duemila soldati a bordo. E quei soldati erano ancora a bordo! Poco dopo infatti incappò nello scheletro di un ufficiale che, assieme al movimento delle porte causato dall'acqua cominciarono a farlo pentire di essere sceso fin lì.

Con cura, ma alla svelta, ricolse la manichetta dell'aria, il cavo e la guida che si era tirati dietro. Il teschio che lo fissava coi buchi degli occhi a filo della visiera, gli dava noia. Per uscire non poteva voltarsi: avrebbe annodato la manichetta ai cavi. Sicché prese a rinculare adagio. Ma che cosa non provò quando l'ufficiale russo, lentamente, prese a sollevarsi d'un pezzo con l'aria di volerlo seguire. Aristide impietrì. Come tornava a muoversi, anche l'ufficiale tornava ad alzarsi sotto l'effetto del risucchio.[167]

Da quel momento la frase "Occhio all'ufficiale russo!" divenne proverbiale ogni qualvolta ci si apprestava a compiere qualche azione avventata.

Quando il 24 marzo del 1927 i lavori finirono il *Naiade* e il suo equipaggio fecero rotta verso Viareggio, a corto di lavoro e sgomentati dalla concreta possibilità di una lunga inoperosità.

4.5.a. *Una breve premessa: il Lecco*

Tornati a Viareggio, Alberto Gianni trovò una lettera espresso proveniente dalla Società Lariana di Navigazione, con la quale la suddetta società invitava a Como lui e i suoi uomini per un sopralluogo sul piroscafo *Lecco*, imbarcazione di 53 metri di lunghezza e 185 tonnellate[168]. Il piroscafo era affondato il 18 marzo con a bordo sacerdoti e fedeli, guidati dal vescovo della città, durante il pellegrinaggio con il sacro teschio di Luigi Gonzaga[169], il santo gesuita di Castiglion delle Stiviere.

Era accaduto che nel pieno delle celebrazioni, durante il viaggio di ritorno del piroscafo, all'altezza di Lezzeno la maggior parte dei 700 passeggeri a bordo si porta su un lato per salutare un altro piroscafo di passaggio; questa mossa fece sbandare il *Lecco*, causando l'entrata di molta acqua da alcuni oblò. Per il momento l'equipaggio riuscì a riportare la calma a bordo, e ad azionare le pompe per tentare di espellere l'acqua imbarcata[170]. La folla rimasta a riva aveva cominciato a notare che qualche cosa di anomalo c'era nella posizione del piroscafo; la poppa era infatti quasi completamente sommersa[171]. L'acqua era arrivata in sala macchine, come venne comunicato al capitano, Romolo Catelli, il quale decise comunque di proseguire fino a Como, ritenuto un approdo sicuro. Giunto il *Lecco* al pontile 4, nonostante gli avvertimenti di chi era a riva, tutti i 700 passeggeri si portarono sul lato di tribordo per sbarcare. Fu il colpo di grazia per l'imbarcazione, che si inclinò a poco a poco sul fianco destro e cominciò ad immergersi[172]. Il bilancio del naufragio del *Lecco* provocò quattro morti e una decina di feriti.

167 Ivi, p. 44.
168 http://digilander.libero.it/lariana/Flotta/Flotta%20Storica/Lecco.htm, 2016.
169 B. Giannaccini, Alberto Gianni, cit. p.15.
170 http://digilander.libero.it/lariana/Flotta/Flotta%20Storica/Lecco.htm, 2016.
171 S. Micheli, L'Artiglio ha confessato, cit. p. 47.
172 Ibidem, o http://digilander.libero.it/lariana/Flotta/Flotta%20Storica/Lecco.htm, 2016.

Nei giorni successivi, prima della chiamata di Alberto Gianni e dei suoi compagni, fu aperta un'inchiesta, che portò all'incarcerazione per accertamenti del solo capitano, Romolo Catelli[173], mentre lasciò intoccati i veri responsabili della tragedia, troppo importanti politicamente parlando[174].

Durante l'inchiesta, dato più di interesse per il mio lavoro, venne inoltre stabilito, dopo accertamenti da parte dei palombari locali, che il battello andava demolito. Come era già successo ai tempi del *Cruz*, il Gianni e i suoi uomini furono chiamati per un secondo parere. Alla Società Lariana stava infatti a cuore il recupero, non la demolizione.

Inizialmente si recò a Como il solo Gianni che, dopo un'immersione, dichiarò che il battello si poteva salvare, scatenando lo stupore e l'incredulità dei tecnici che fino a quel momento si erano occupati del *Lecco*.

Ne era tanto certo che propose di essere pagato soltanto se fosse riuscito nel compito[175]

Alberto Gianni tornò a Como un paio di giorni dopo, questa volta accompagnato dal fedele Aristide Franceschi e dal nuovo arrivato, Alberto Bargellini. Con l'aiuto di questi due valenti palombari, il Gianni riuscì nell'impresa di riportare a galla il *Lecco*.

Questo fu fatto inizialmente tamponando le falle, che erano numerose lungo lo scafo; dopodiché chiusero i boccaporti e, ed ecco il vero colpo di genio del Gianni, lo scafo venne attorniato con duemila bidoni di 200 litri di capacità. Questi bidoni vennero poi riempiti con aria compressa a due atmosfere e svuotati così dell'acqua al loro interno[176]. Così ritorno a galla un'imbarcazione ormai considerata perduta. Ancora una volta gli scettici dovettero ricredersi; non avevano ancora fatto i conti con Alberto Gianni e i suoi compagni.

4.5.b. Il principe

La storia del "gioco di prestigio", come lo definisce Micheli nel suo testo, del recupero del *Lecco*, mi è servita per introdurre il secondo palombaro che ritroveremo successivamente anche sull'*Artiglio* sempre al fianco di Alberto Gianni e Aristide Franceschi, vale a dire il giovane Alberto Bargellini.

Alberto Bargellini appariva, sotto molti aspetti, diverso dai colleghi di bordo. [...] Starei per dire che il suo aspetto, piacevole ed elegante, sebbene energico, contrastava in certo modo con l'ambiente, mancando in lui quel marchio stampato nell'uomo di mare che si forma ai rischi e alle fatiche delle lunghe navigazioni.

[...] A bordo lo chiamavano «il bimbo»[177].

Eppure il Bargellini era stato mozzo, e successivamente marinaio; non era quindi così a corto di esperienza marinaresca. Cominciò dunque a lavorare nel cantiere del padre, carpentiere di grande abilità e costruttore di barche, ed imparò il mestiere.

Come gli altri due palombari, anch'esso ottenne il brevetto durante il servizio militare nella Marina, ai tempi del *Naiade*.

Era il "sognatore" di bordo, come scherzosamente amava definirlo il Franceschi; il soprannome derivava dallo stato d'animo del giovane, trasognato come chiunque si appresti alle "più eroiche ma oscure attività della vita"[178].

173 http://radicilariane.blogspot.it/2012/09/normal-0-14-false-false-false.html, 2016.
174 S. Micheli, L'Artiglio ha confessato, cit. p. 47.
175 Ivi, p. 48.
176 Ibidem.
177 Ivi, p. 49.
178 Ibidem.

Era sì diverso dai suoi due più grandi compagni, Gianni e Franceschi, ma non si poteva dire certo che era meno forte di loro, soprattutto per quanto riguarda il coraggio, che di certo non gli mancava. Alberto Bargellini poteva benissimo passare per uomo taciturno ed introverso; ma ciò era dovuto semplicemente alla sua genuina modestia, che corrispondeva ad una natura ferma e positiva, utilissima a chi si trova a lavorare in condizioni spesso proibitive. Questa modestia era dovuta prevalentemente alle sue umili origini, essendo figlio di un carpentiere. Simile al Franceschi, il Bargellini anche nella voglia di esplorare, di vedere da vicino gli interni dei relitti, di goderne in maniera totale. Questa sua volontà si differenziava però da quella del Franceschi di prendere qualsiasi oggetto da custodire più che gelosamente, in quanto nel Bargellini era dovuta, come dicevamo in precedenza, alle sue origini, ad un'infanzia mancata, avara di gioie, agi e possibilità alcuna[179].

Quando si calava da basso in un transatlantico, non finiva come il Franceschi in cambusa, né si curava a raccogliere rubinetti, maniglie, arnesi, ganci, pastecche, eccetera. Il Bargellini provava, e non lesinava di far provare anche agli spiriti meno dosati e vivi del suo, il piacere per le cose belle che egli mai aveva godute, riservate a un mondo a cui non avrebbe mai appartenuto. [...] Il Bargellini infilava la via dei saloni senza badare alle cose e oggetti qualsiasi da portare a bordo. Ben altre passioni e sentimenti lo guidavano attraverso questi oscuri pericolosi meandri dove poteva vivere, non visto, vicino al cuore delle cose che aveva sempre sognato[180].

Questa sua volontà di vivere sott'acqua come mai avrebbe potuto fare in superficie, gli valse il soprannome, sempre amichevolmente affibbiatogli dal Franceschi, di "Principe". Da principe infatti il Bargellini viveva, nelle sue immersioni solitarie, quando puntava diretto verso i saloni di prima classe, dove, seduto in una grande poltrona o in ricco divano, come riferì Franceschi una volta che lo aveva seguito, osservava pareti, ornamenti, quadri e tendaggi vari. Preso com'era nella sua osservazione meticolosa e sognatrice, non sentiva nemmeno gli strattoni che i compagni sulla braca gli davano per farlo risalire, o quantomeno per capire se era ancora tutto intero. Abbiamo detto che il giovane palombaro osservava; osservava tutto, memorizzava tutto. Queste memorie erano i souvenir che si riportava a bordo. "Si fermava davanti alle cose, che poi accarezzava"[181]; non potrei trovare parole migliori di queste per descrivere le avventure subacquee del Bargellini.

Il Bargellini, accarezzava gli oggetti, soprattutto gli abiti, meravigliosi abiti da sera femminili. Non solo si accontentava di accarezzarli ma, aggiunge ancora il Franceschi, "lo faceva con molto pudore", quasi con rispetto e riverenza.

Per verità nessuno potrà mai dire ciò che realmente accadesse in lui, una volta là dentro. Sapevano solo che egli si dimenticava di perfino di rispondere ai ripetuti angosciosi segnali dei compagni, e quando saliva a bordo non aveva mai niente da mostrare né da raccontare.[182]

Abbiamo presentato ora gli artefici di tutti i recuperi della Sorima, personaggi allo stesso tempo eroici e incredibilmente umani, che sapevano benissimo conciliare lavoro, serietà ed e allegria.

Gli altri componenti dell'equipaggio dell'*Artiglio* verranno presentati nello svolgersi di questo lavoro.

---

179 Ivi, p. 50.
180 Ibidem.
181 Ivi, p. 51.
182 Ivi, p. 52.

▲ Il palombaro Alberto Gianni

Capitolo V
LE PRIME USCITE

La Sorima aveva adesso a disposizione tutti i mezzi per cominciare le sue avventure sul campo: una flotta, con navi rese all'avanguardia dalla genialità di un equipaggio molto preparato. Come abbiamo visto il commendatore genovese Giovanni Quaglia aveva anche ottenuto il diritto esclusivo di lavorare in acque italiane. Nello stesso tempo aveva ottenuto l'esclusiva anche sugli scafandri più avanzati dell'epoca, quelli della tedesca Neufeldt & Kuhnke, opportunamente modificati da Alberto Gianni.

Dall'INA aveva invece ottenuto l'esclusività dei diritti dei recuperi da compiere ad una profondità superiore ai 45 metri.

Le prospettive erano delle migliori; ora bisognava mettere solo in azione la macchina, dando vita a qualcosa che cambierà la storia dei recuperi sottomarini non solo in Italia, ma nel mondo.

5.1. Al lavoro! Il Washington, le sue locomotive e il Ravenna

Era ora di mettersi all'opera. Il Quaglia aveva ottenuto dall'INA l'autorizzazione ad intraprendere i lavori per il recupero di un piroscafo inglese, il *Washington*.

Il *Washington* era affondato nel corso della prima guerra mondiale, presso Camogli. Giaceva a 86 metri di profondità su un fondale scoglioso, inclinato a dritta, ma in posizione verticale quel tanto che bastava per permettere al palombaro, e alla benna, di pescare dalla stiva del relitto.

Il *Washington* era un piroscafo inglese di ottomila tonnellate, costruito a Cardiff. Giunto incolume dagli Stati Uniti con un carico destinato alle nostre ferrovie, una volta a Savona veniva fatto proseguire per Livorno con un convoglio di altre navi. Era il più grosso de ebbe la preferenza da una sommergibile tedesco appiattato a Portofino. La sera del 3 maggio 1917, mentre passava davanti a Camogli, il Washington fu raggiunto da un siluro. Si tuffò con la prua, sollevando la poppa per aria, si dirò come per tornare indietro e colò a picco.[183]

Questa è la narrazione fatta da Ulderico Tegani della fine del *Washington*, quella sera del 1917. Con esso si inabissò anche un consistente carico, composto da sette treni merci completi di tender[184] e trecentocinquanta vagoni; inoltre figuravano più di tremila tonnellate di sbarre d'acciaio, cinquecento tonnellate di lingotti di rame e parecchie di manganese e altro materiale. Il valore totale ammontava a circa venti milioni di lire[185].

Non c'era ancora alcun modo di recuperare carichi a tali profondità, quindi il piroscafo e il suo carico vennero giudicati completamente perduti, "*venne*[ro] *segnat*[i] *con una crocetta nera sulle carte*", come scriveva Tegani.

Sul posto vennero mandati dalla Sorima inizialmente l'*Artiglio* e l'*Arpione*, ma i lavori verranno portati a termine solo da quest'ultimo nel 1930.

Per questa prima impresa i palombari della società genovese usarono il secondo modello degli scafandri della Neufeldt & Kuhnke, con esito più che soddisfacente[186]. I lavori cominciarono

---

183 U. Tegani, Viaggi nel mondo sommerso, pp. 208-209, in S. Micheli, L'Artiglio ha confessato, cit. pp. 68-69.

184 Carro ferroviario agganciato alla locomotiva a vapore per il trasporto di carbone, acqua e attrezzi.

185 S. Micheli, L'Artiglio ha confessato, cit. p. 69.

186 D. Scott, Con i palombari dell'Artiglio, cit. p. 28.

nel 1928 e piano piano venne recuperato tutto il carico; il lavoro però necessitò di un gran dispendio di forze e fatica, date le pessime condizioni della coperta del relitto. Solo per liberare lo spazio dal groviglio di alberi abbattuti, cavi e sartie, assieme ai resti delle strutture superiori ci vollero parecchi mesi. Poi bisognò aprire un passaggio nella coperta, per giungere alle stive; ciò fu fatto mediante le mine, che riuscirono ad aprire uno squarcio grande abbastanza da permettere il passaggio delle benne e del piatto magnetico che verrà utilizzato per recuperare il metallo del carico[187]. Nonostante i parecchi anni di permanenza sott'acqua, tutto il carico si trovava in un ottimo stato di conservazione. E per aggiungere ulteriore prestigio, sotto gli occhi di ingegneri di marina e specialisti di recuperi giunti da tutto il mondo[188], venne recuperata anche la parte inesplosa del siluro che aveva fatto colare a picco il *Washington*.

Questa prima opera, cominciata nel 1928 dall'*Artiglio* e dall'*Arpione*, e conclusa, per forza di cose, dal solo *Arpione*, fu solo l'inizio di una leggendaria stagione per l'Italia nel campo dei recuperi marittimi. Molte altre avventure aspettavano le navi e i palombari della Sorima.

Nel tratto compreso tra Capo Mele[189] e l'isola Gallinara, di fronte ad Albenga, nella riviera di Ponente, giacevano una mezza dozzina di navi affondate dai terribili *U-Boot* tedeschi durante la prima guerra mondiale: l'*Umberto I*, l'*Hylonian*, il *Monte Bianco* e lo *Stromboli*[190]. Tra questi uno in particolare ci interessa qui, il *Ravenna*, che possedeva il carico più ricco, nel senso di meno esposto al logorio dell'acqua, e su cui lavorò il *Rostro*, altra nave della flotta della Sorima che poi rivedremo occupato nella ricerca del relitto dell'*Egypt*.

Il *Ravenna* era un grande piroscafo di 16 mila tonnellate di peso, varato il 2 marzo 1901[191]. Dopo anni di servizio come piroscafo per il trasporto degli emigranti verso le Americhe, allo scoppiare della guerra italo-turca del 1911 il piroscafo utilizzato come mezzo di trasporto per materiali e truppe tra Napoli e Tripoli. Dall'inizio del 1916, il *Ravenna* venne riutilizzato come nave per il trasporto delle truppe, questa volta verso l'Albania[192]. Nel 1917 il *Ravenna* era proveniente dal porto di Buenos Aires quando venne silurato presso Capo Mele. Si possono seguire le fasi dell'attacco attraverso le parole del capitano Hans Walther, al comando del sottomarino tedesco U52, che silurò il piroscafo.

4 aprile 1917: Emersi, e ritornati in immersione con rotta verso la costa. Sotto Alassio avvistiamo due piccoli battelli a vapore. A sud-ovest avvistiamo una colonna di fumo, facciamo rotta verso l'avvistamento. Nave a vapore con rotta verso Genova, facciamo fuoco con il siluro N° 1. Il vapore è colpito a babordo ed affonda in 15 minuti. Dal numero delle scialuppe (12) e dall'armamento (un cannone da 12 cm) e secondo la misura visiva ritengo la grandezza di 7000 t.s. Un accertamento più esatto non è possibile in quanto da sud ovest si vede nuovamente fumo all'orizzonte e più navi sono in vista. Facciamo rotta verso di loro. Tutte le navi si avvicinano alla costa: emersi per fare fuoco, veniamo investiti da fuoco nemico proveniente dalla costa.[193]

Si persero le tracce del *Ravenna* fino a quando un pescatore rilevò, per puro caso, il punto in cui esso era affondato. Il pescatore, portato poi a bordo del *Rostro* dimostrò di non essersi

---

187 S. Micheli, L'Artiglio ha confessato, cit. p. 69.
188 D. Scott, Con i palombari dell'Artiglio, cit. p. 28.
189 Imponente promontorio roccioso situato tra i comuni di Andora e Laigueglia.
190 S. Micheli, L'Artiglio ha confessato, cit. pp. 69-70.
191 http://www.agenziabozzo.it/vecchie_navi/B-Vapore/Navi_1850-1950_B474_Piroscafo_RAVENNA_in_cartolina_a_Genova.htm, 2016
192 Ibidem.
193 Ibidem.

▲ La nave Elizabethville

sbagliato. Poco dopo l'inizio del dragaggio, il rampino della nave della Sorima si impigliò in qualcosa; essendo il fondale sabbioso, privo di scogli, non poteva che trattarsi del relitto del *Ravenna*. E così fu. Il piroscafo era stato come schiacciato "sotto la mazzata di uno smisurato maglio"[194]. Per giungere alle stive i palombari dovettero ricorrere alle mine, che permisero di aprire un passaggio attraverso la coperta attorno al boccaporto centrale solamente dopo parecchi mesi di lavoro.

Fu durante i lavori sui relitti del *Washington* e del *Ravenna* che la Sorima veniva incaricata del recupero del carico di un transatlantico nel golfo di Guascogna, dove venne inviato l'*Artiglio*. Era il 1928 e stava per cominciare l'avventura atlantica per Gianni, Franceschi, Bargellini e gli altri componenti dell'equipaggio dell'*Artiglio*.

5.2. L'inizio dell'avventura atlantica, i diamanti dell'Elizabethville

Una sera di giugno del 1928 l'*Artiglio* attraccò al porto di Le Palais sull'isola di Belle-Île-en-mer, in Bretagna. Da questo momento fino al 7 dicembre del 1930 questo paese divenne la seconda casa dell'equipaggio dell'*Artiglio*. Spesso e volentieri, a fine giornata, i palombari tornavano a terra e, dopo una serata in osteria o a ballare, sfiniti alloggiavano all'*Hotel Bretagne*, edificio tutto dipinto di giallo di fronte al molo d'attracco. Questo hotel esiste tutt'oggi, e si erge sempre sulla piazzetta del porto[195].

I palombari e i loro compagni erano stati inviati lassù, in Bretagna, così lontani da dove erano abituati a lavorare di solito, per recuperare il carico di un piroscafo belga per passeggeri, di dodicimila tonnellate, silurato da un sommergibile tedesco nel 1917 mentre tornava dal Congo[196], ossia l'*Elizabethville*. Il relitto giaceva a 72 metri di profondità a dieci miglia dalla punta meridionale di Bell-Île[197].

Il favoloso carico della nave consisteva in varie tonnellate di zanne d'avorio, che da sole avev no un valore sufficiente a pagare le spese del recupero.[198]

---

194 S. Micheli, L'Artiglio ha confessato, cit. p. 70.
195 B. Giannaccini, L'Artiglio, cit. pp. 30-31.
196 D. Scott, Con i palombari dell'Artiglio, cit. p. 32.
197 S. Micheli, L'Artiglio ha confessato, cit. p. 72.
198 D. Scott, Con i palombari dell'Artiglio, cit. p. 32.

Inoltre un considerevole carico di acciaio in barre.[199]

Ma la cosa più eccitante per i palombari che dovevano mettersi all'opera, la cosa che prometteva la più ampia delle ricompense, era la presunta presenza di un carico di 13 mila carati di diamanti grezzi, per un valore stimato a circa 120 mila sterline dell'epoca. Il problema era che nessuno sapeva dove fossero. Secondo le usanze ordinarie, un qualsiasi pacco che fosse stato assicurato avrebbe dovuto trovarsi in uno dei sacchi della corrispondenza. Ma ad un pacco particolare, com'era il caso di uno contenente diamanti grezzi, potevano essere state riservate cure e attenzioni maggiori; era quindi probabile che fosse stato consegnato al capitano e da questi conservato nella cassaforte di bordo. O almeno queste erano le supposizioni della Sorima[200].

Ora non c'era che da cominciare i lavori di dragaggio. Prima dell'arrivo dell'*Artiglio*, una società francese di recuperi sembrava avesse trovato il relitto, punto segnato successivamente con una boa. Fu proprio a quella boa che l'*Artiglio* venne condotto una volta giunto a Belle-Île. La già effettuata segnalazione del luogo in cui il relitto si trovava alimentò, soprattutto nel cuore del commendatore Giovanni Quaglia, molto meno in quello dei palombari italiani, la convinzione che si potesse risolvere la faccenda in "quarantotto ore e di tornarsene, dopo due giorni di lavoro, ciascuno con la propria parte delle centomila sterline in tasca"[201]. Sarebbe bastato secondo lui fare come si faceva nel mar Ligure, vale a dire arrivare alla boa, calarsi nella cabina del capitano ed impadronirsi della cassaforte. Mai convinzione fu più errata.

Arrivati alla boa, in una bella e calda giornata, eccezionale per il clima atlantico, iniziarono i lavori. Venne calato lo scafandro metallico, colorato di bianco per essere reso più visibile una volta immerso. Sintomo del buon umore che c'era a bordo è la proposta del Gianni, una volta appurato che nessun palombaro avrebbe rinunciato ad entrare per primo nell'oceano Atlantico.

Alé ragazzi: facciamo il conto per vedere a chi tocca.[202]

Il fortunato fu Aristide Franceschi, che subito corse a spogliarsi. Per il momento il lavoro sarebbe consistito nell'esaminare lo stato del relitto.

Fu durante la prima immersione che ci fu il primo duro colpo per Alberto Gianni e i palombari: la boa non segnalava la presenza del relitto dell'*Elizabethville*. Anzi, non segnalava proprio la presenza di nessun relitto, ma era ancorata ad uno scoglio. Svaniva in questo momento l'illusione del Quaglia di tornarsene a casa con il carico del transatlantico in meno di due giorni. Dapprima provarono a spostarsi attorno alla zona segnata dalla boa, ma niente. Bisognava rifare il lavoro dall'inizio, dragare il fondale alla ricerca del relitto. Lavoro reso ancora più difficile dalla presenza di innumerevoli contrastanti rilievi della posizione del relitto stabiliti al momento del naufragio, undici anni prima. Come ben afferma David Scott, non è propriamente un lavoro semplice localizzare un rottame in mare. Durante l'affondamento ci fu chi osservò la scena dalla costa: i guardiacoste di Locmaria[203], per esempio, od il sorvegliante del faro di Goulphar, a Bangor, che rilevarono dei punti di riferimento e li segnarono sulla carta. Ma non poterono essere precisi perché, essendo l'isola di Belle-Île lunga e stretta, i luoghi da cui la scena poteva essere vista erano vicinissimi tra loro, ma non lo erano rispetto alla nave[204].

---

199 S. Micheli, L'Artiglio ha confessato, cit. p. 72.
200 D. Scott, Con i palombari dell'Artiglio, cit. p. 32.
201 Ivi, p. 33.
202 S. Micheli, L'Artiglio ha confessato, cit. p. 74.
203 Comune francese situato nel dipartimento del Morbihan, in Bretagna.
204 D. Scott, Con i palombari dell'Artiglio, cit. p. 33.

Dalla terraferma, l'unico modo per fissare un punto in mare è quello di segnare l'angolo esatto dell'ago della bussola con ciascuno dei punti di riferimento osservati a terra, e poi tirare, da quelli, sulla carta geografica delle linee rette convergenti. Il punto in cui le linee si incroceranno sarà il luogo. Più acuto sarà l'angolo, meno accuratamente si potrà localizzare il punto.[205]

Per rilevare con esattezza un punto in mare, quello che si deve fare, se invece si è a bordo è notare due o tre punti in cui coincidano due cose diverse, come un faro e una casetta, un pilone radiotelegrafico ed una roccia, un albero ed un crepaccio nelle rocce. Poi, se questo qualcuno sopravvive, qualora voglia trovare il punto dove il rottame giace, deve solamente navigare lentamente finché i due oggetti si trovino di nuovo esattamente nello stesso rapporto, e si troverà sulla stessa direzione in cui si era trovato durante l'affondamento. Più i due punti saranno distanti tra di loro, più accurato sarà il tracciato della linea.[206]

Un esempio può rendere meglio l'idea di quanto detto finora.

Come ho accennato in precedenza, prima dell'arrivo degli italiani a Belle-Île, una società di recuperi francesi sembrava aver trovato il punto in cui l'*Elizabethville* era affondato. I palombari francesi furono più o meno accurati, ma spesso si lasciarono trasportare dalla fantasia. È questo il caso di un tal signor Poireau, un personaggio molto particolare, che ritroveremo in seguito, con una *"barba grigia e patriarcale"*, proprietario di un primitivo ma complicato apparecchio che secondo lui poteva localizzare rottami anche a distanza.

Il signor Poireau sentiva la presenza dell'oro, dell'argento, del ferro, dei diamanti, dell'avorio e a quanto mi consta, anche delle scimmie e dei pavoni. Egli trovò l'Elizabethville ripetute volte, ma in tanti e così diversi luoghi che non v'era tempo di esplorarli tutti. Dirò, però, in sua difesa che uno dei punti in cui egli lo aveva localizzato risultò perfettamente esatto, e si trovava nel centro della zona degli errori segnati sulla carta a causa delle dubbie osservazioni compiute sui punti di riferimento.[207]

Quindi nessuna sorpresa se quando l'*Artiglio* arrivò al punto segnato dalla boa francese non trovò nulla.

Cominciarono così le ricerche del relitto dell'*Elizabethville*. Dopo una settimana di dragaggio il rampino dell'*Artiglio* si impigliò in qualcosa; pur opponendo resistenza, come aveva già fatto in occasione del ritrovamento francese, non presentava la rigidità tipica dello scoglio. Questa volta era davvero il tanto ricercato rottame[208]. Era ormai sera, quel 27 giugno del 1928, e fu deciso di ancorarsi lì, sul luogo del ritrovamento, nonostante le avvisaglie di tempesta. All'alba del giorno dopo il tempo era nero, almeno fino alle sette circa, quando il sole cominciò a fare capolino tra le nubi, permettendo un buona visibilità ai palombari. Sulla nave ci si preparava al lavoro.

Il Gianni, prima di entrare nello scafandro, si infilò un pesante maglione di lana, completato dal cappello di lana, di colore rosso; ai piedi infilò tre paia di calze, per combattere il freddo delle profondità marine. Per completare la divisa, mise un paio di pantaloni di tela permeabile, ai quali erano attaccati gli stivali. Si munì inoltre di alcuni stracci che sarebbero serviti per pulire gli oblò in caso di molto probabile appannamento. Una volta entrato nello scafandro, aiutato da Franceschi e da Carlo Domenici, il Gianni controllò che la scatoletta della soda cau-

---

205 Ivi, pp. 33-34.
206 Ivi, p. 34.
207 Ivi, pp. 35-36.
208 Ivi, p. 38.

stica fosse piena, così come le bombole dell'ossigeno. Si fece calare a questo punto il coperchio sulla testa. Fu controllato infine il funzionamento del telefono, era tutto a posto. Il palombaro era pronto all'immersione.

Alberto Gianni azionò allora la valvola dell'aria compressa per liberare la tanca, il serbatoio dove sarebbe entrata l'acqua della zavorra[209]. La torretta fu calata in mare.

Ogni sette metri, per i primi trenta metri, la discesa venne interrotta per dar modo a Giulio (Sartini, marinaio) di legare, con corte gugliate di spago, il cavo telefonico a quello dello scafandro.[210]

A quella che il Gianni dedusse essere una profondità di circa settanta metri, il palombaro credette di scorgere sotto di se una zona cupa, che poteva benissimo essere, come già capitato innumerevoli volte, una semplice illusione ottica. Alberto Gianni si fece quindi calare per toccare il fondo, dove continuava a scorgere la macchia, una macchia "a forma di razza di sproporzionate dimensioni, nera e viscida"[211], che sembrava però non arrivare mai. Dopo aver cambiato l'aria nello scafandro, facendo entrare ossigeno nell'abitacolo, riprese a fissare la macchia, che era sempre li. Si fece calare ancora fino a quando andò letteralmente a sbattere contro il relitto dell'*Elizabethville*. Gli occorse parecchio tempo per rendersene conto, ma alla fine, quando i suoi occhi si abituarono all'oscurità, il Gianni riuscì a distinguere quella che successivamente si rivelò essere la sala macchine dell'*Elizabethville*. Il palombaro resistette alla voglia di avventurarsi nel relitto, conscio del fatto che, finché l'*Artiglio* sopra di lui non fosse saldamente ancorato, egli sarebbe stato in balia delle correnti e quindi avrebbe corso il serio rischio di rimanere impigliato nell'intrico di cavi e resti che gli si presentava intorno. Decise quindi di risalire per ordinare l'ancoraggio e il piazzamento di sei boe di segnalazione.

Non si era ancora del tutto sicuri che quello fosse veramente il relitto della nave belga; in quella zona infatti giacevano i resti di decine di piroscafi colati a picco prima e durante la Grande Guerra[212]. Bisognava quindi trovare degli elementi caratteristici dell'*Elizabethville*, secondo le modalità che ho esposto nel capitolo 3.

Il resto di questa prima giornata di immersioni fu occupato dall'ancoraggio delle sei boe, che furono disposte ad esagono sul relitto, e l'*Artiglio* fu saldamente ormeggiato ad esse.

Ovviamente la priorità assoluta era il ritrovamento dei diamanti. Dato per perso il relitto, la compagnia di assicurazione alla quale il piroscafo belga apparteneva pagò la polizza, senza curarsi di conoscere i particolari relativi al carico della nave e alla sua posizione in mare. Solo anni dopo, quando società francese aveva già intrapreso le ricerche si decise di aprire un'inchiesta tra i superstiti. Il capitano dell'*Elizabethville* era però morto, e bisognò fare affidamento sui resoconti dell'equipaggio, spesso assurde e contrastanti. Stando a queste testimonianze fu stabilito, abbastanza arbitrariamente a dire il vero, che i diamanti se c'erano, erano in una cassaforte all'interno della stanza della posta. Teoricamente i diamanti si sarebbero dovuti trovare nella cassaforte privata del capitano se non che, prima della partenza del penultimo viaggio del piroscafo, c'era stato un cambio alla guida dell'*Elizabethville*, dato che il capitano ufficiale era stato malato per lungo tempo. Venne quindi sostituito dal capitano Lemans che, durante quel viaggio, involontariamente inceppò la serratura della cassaforte. Quindi, durante

---

209 S. Micheli, *L'Artiglio ha confessato*, cit. p. 77.
210 Ivi, p. 78.
211 Ibidem.
212 Ivi, pp. 82-83.

l'ultimo viaggio, con il capitano tornato al suo posto, non fu dato di sapere se la cassaforte era stata riparata e quindi i diamanti si trovavano al suo interno, oppure no[213]. Quindi si pensò che ci fosse un'altra cassaforte, probabilmente situata appunto nella stanza della posta. Furono quindi indirizzate lì le prime ricerche dei palombari italiani, nella stanza della posta.

Alberto Gianni tornò ad immergersi il giorno successivo; una volta calato andò ad adagiarsi con un tonfo su un fondale sabbioso. Dovette aspettare che la visibilità tornasse ottimale prima di poter scorgere la sagoma del relitto. Si avvicinò ad esso e riconobbe una pala dell'elica che gli permise di orientarsi: si trovava sotto la poppa. La stanza della posta, se quello era realmente il relitto dell'*Elizabethville*, doveva trovarsi sotto l'albero maestro, nella zona sopra a dove si trovava ora il palombaro. Doveva quindi farsi issare di nove metri; quindi l'*Artiglio* doveva spostarsi verso il centro del rottame e da quel punto doveva spostarsi ad angolo retto verso l'albero maestro, dove avrebbe poi dovuto essere calato lo scafandro. Mentre stava sospeso il Gianni si rese conto di una cosa: la posizione in cui si trovava il relitto era delle peggiori.

La poppa, dove egli avrebbe dovuto lavorare, era staccata dal centro della nave, e giaceva su di un fianco. Questo voleva dire che non avrebbe trovato in nessun luogo una superficie piana su cui tenersi diritto, né una superficie veramente verticale contro la quale appoggiare le sue mine. Il ponte era fortemente inclinato, e le pareti si trovavano in posizione diagonale, rispetto al fondo.[214]

Quando era affondato, l'*Elizabethville* era sceso a poggiare attraverso ad uno scoglio alto e piatto che ne aveva rotta la chiglia la centro, lasciandone ricadere più in basso la prua e la poppa. La spaccatura principale era proprio a poppa del ponte di comando. [...] La cabina del capitano era dall'altra parte della spaccatura, e sul suo orlo.[215]

Non solo la posizione per lavorare era la più scomoda, ma la posizione della nave aveva sicuramente causato lo sparpagliamento del materiale al suo interno, che probabilmente era andato a formare un intrico di rottami.

Come se non bastasse, l'albero di maestra era spezzato all'incassatura e giaceva sul fianco della nave, la testa nella sabbia e il tronco sul ponte, tenuto attaccato alla scafo dall'ammasso di attrezzatura imbrogliata che li si trovava. L'esperto palombaro viareggino non si fece però scoraggiare e si fece calare le prime cariche di esplosivo, che, dopo lunghi tentativi, vennero sistemate nei punti esatti individuati dal Gianni.

Un piccolo excursus sul funzionamento delle mine utilizzate dai palombari.

Le mine erano collegate al cavo elettrico: erano comuni barattoli, non più alti di venti centimetri, con un diametro di dieci, riempiti di plastico. Uno speciale tappo a vite bloccava l'apertura su cui veniva spalmata una materia isolante e impermeabile che somigliava al sego.[216] I palombari viareggini erano anche i primi a lavorare continuativamente e ad utilizzare l'esplosivo a quelle profondità. Inglesi e americani prima di loro erano arrivati a quelle profondità, ma solo per pochi minuti, e solo a caccia di primati, non per motivi di lavoro.[217]

Torniamo ora ad Alberto Gianni al lavoro sull'*Elizabethville*. Dopo aver piazzato le cariche ed essere risalito a bordo dell'*Artiglio*, Alberto Gianni diede l'ordine e le mine vennero fatte bril-

---

213 D. Scott, Con i palombari dell'Artiglio, cit. p. 44.
214 Ivi, p. 49.
215 Ivi, p. 43.
216 S. Micheli, L'Artiglio ha confessato, cit. p. 87.
217 Ibidem.

lare. Passato un quarto d'ora, il palombaro si immerse di nuovo. Una volta sul fondò poté constatare che le mine avevano fatto egregiamente il proprio lavoro: l'esplosione aveva fracassato l'inchiavardatura di uno dei verricelli, e ciò rese possibile recuperare quest'ultimo ed aprire un passaggio attraverso i rottami verso la coperta. Questo verricello, recuperato in due parti, tamburo e armatura[218], fu il primo trofeo strappato dai palombari dell'*Artiglio* dalle gelose grinfie dell'oceano Atlantico.   Furono i primi resti recuperati con la benna progettata da Alberto Gianni. E fu la prova che quello era davvero il relitto dell'*Elizabethville*.

Ora bisognava raggiungere la stanza della posta. Essa, secondo le informazioni ottenute dai piani di costruzione del piroscafo, era una stanza quadrata, nel frapponte[219], con due porte, una ad ogni lato, che conducevano ad un corridoio, ma un angolo di questa stanza era separato dal resto da una spessa parete di lastre di metallo, e formava una specie di piccola camera blindata, munita di una porta appositamente costruita.[220]

Quale luogo migliore per contenere una cassaforte con decine di migliaia di carati di diamanti grezzi? Con buona ragione si sospettava che essi fossero in questo locale, per l'appunto.

Cominciò dunque il lavoro per smantellare la coperta e, sul finire del quarto giorno di lavoro, il Gianni riuscì ad aprirsi un varco e a penetrare, con la torretta di sua invenzione, nella stanza della posta. Li ebbe una brutta sorpresa. Era vuota, non tenendo conto di un mucchio di rottami nella parte più bassa. Nella parte più bassa del locale, il Gianni trovò anche i due cannoni da settantasette millimetri con i quali l'*Elizabethville* era armato, assieme ai suoi proiettili. Ma niente cassaforte. Gianni ipotizzò che essa, forse ancorata ad una mensola nella camera blindata, potesse essere caduta attraverso la porta aperta nella sottostante camera della posta. Nei giorni successivi si continuò a portare a galla detriti e rottami, nella speranza di trovare la cassaforte. Ma non c'erano né la cassaforte, né alcun sacco della corrispondenza, che probabilmente erano stati portati via dalla corrente.

Qualcosa però cominciava a venire a galla: dapprima il Gianni porto sull'*Artiglio* un rasoio di sicurezza, dorato e in buone condizioni. Ma la svolta si ebbe quando, la sera del 22 luglio, il palombaro tornò a bordo con una targhetta di bronzo tra le pinze dello scafandro. Era simile alle targhette presenti sugli usci delle porte, e portava la scritta "*Shublock-London*". Essa era caduta dalla porta della camera blindata.

Qui stava però l'errore commesso dai promotori francesi dei lavori di recupero.

Tutti conoscono il nome delle serrature e casseforti "Chubb" e, nelle dichiarazioni degli scampati, la parola Shublock (il nome di un altro fabbricante di serrature, che in inglese si chiamano appunto "Lock") era stato scambiato con quello di "Chubb Lock", e si era creduto che nella camera blindata si trovasse una cassaforte Chubb.[221]

Questo fu il colpo di grazia per le ricerche della cassaforte. Oltre a quella nella camera del capitano, sulla nave non ne esistevano altre. Quindi bisognava trovare quella. Sempre che i diamanti non fossero stati rinchiusi in uno dei sacchi della corrispondenza portati via dalla corrente.

Alberto Gianni si fece dunque ricalare sul ponte di comando, dove non gli fu difficile trovare

---

218 D. Scott, Con i palombari dell'Artiglio, cit. pp. 50-51.

219 Spazio che intercorre fra due ponti, che formano rispettivamente il tetto e il pavimento (pagliolo). Comunemente è detto corridoio o, se piccolo, carruggio.

220 D. Scott, Con i palombari dell'Artiglio, cit. p. 51.

221 Ivi, p. 52.

il casotto di coperta dove si trovavano l'ufficio e la stanza del capitano. Guardò attraverso l'oblò, e la prima cosa che vide fu un oggetto metallico dalla forma di un cassone sul pavimento. Doveva adesso solo piazzare un paio di mine, far saltare il casotto e recuperare con la benna la cassaforte. Un gioco da ragazzi per lui. Con due mine fu creato un passaggio, prima facendo saltare il tetto, poi la porta e la parete adiacente. Ed eccola, la cassaforte giaceva lì, sul pavimento. Non restava che prenderla e lasciarla cadere sul ponte dell'*Artiglio*. Gianni si fece calare la benna e in dieci minuti la cassaforte era sul ponte della nave, rossa di ruggine e verdastra per le alghe, pronta per essere aperta. Ma non lo si sarebbe potuto fare finché il commendator Quaglia non fosse stato a bordo. Egli in quei giorni si trovava a Parigi, e bisognava attendere che tornasse a Le Palais. Nel frattempo quindi la cassaforte fu conservata nella stiva dell'*Artiglio*. I giorni passavano nell'attesa e nell'impazienza, a volte anche nello sconforto, come nel caso di Aristide Franceschi, poco speranzoso di trovare qualcosa all'interno della tanto ricercata cassaforte.

Finalmente, il Quaglia arrivò a bordo. La cassaforte si poteva aprire, una volta trovato il modo. Aprire una cassaforte saldata dalla ruggine, senza conoscerne la combinazione, non era una cosa semplice. Appariva inoltre assai robusta, con gli angoli rinforzati, sormontata da una cornice che le conferiva un aspetto meno tetro e arcigno.[222]

Si poneva quindi adesso il problema di come aprire la cassaforte. Una parte dell'equipaggio, seguendo il suggerimento del Franceschi, era dell'idea di aprire la cassaforte usando la forza bruta, utilizzando una pesante sbarra d'acciaio. L'altra parte dell'equipaggio propendeva per le manipolazioni raffinate, con l'utilizzo di un trapano a mano, secondo l'idea del capo macchinista Tiziano de Nardi[223].

Il commendatore stava dalla parte del Franceschi, che tentò la sorte. Il suo esperimento con il palanchino fallì e fu tentata allora la via di de Nardi. Lavorando di precisione fu tolta la ruggine, furono forate le teste dei chiodi e fatta cadere la placca esterna, sotto cui ce n'era però un'altra. Caduta anche questa non rimanevano che i meccanismi della serratura. Rientrò quindi in azione il Franceschi che con il suo palanchino scardinò la porta. Quello che trovarono è descritto più che chiaramente da Alberto Gianni in una lettera alla moglie, che qui riporto. Dopo otto giorni di bruciante curiosità, di supposizioni tormentate, di misteri e di sogni impossibili, è stata aperta, anzi scassinata la famigerata cassaforte. Una giornata intensa di emozioni e di tremiti: c'è parso a tutti che il cuore si fermasse nell'attesa quasi eterna di quella complicata porta che non voleva aprirsi. [...] Quando finalmente la porta s'è spalancata con l'urlio selvaggio generale, tutte le mani che potevano entrare si sono protese come un enorme polipo dentro la cassa. Risultato: 5 sterline-oro, 1761 lire belghe e 65 centesimi (una buona quaterna secca!). Diamanti nemmeno la polvere. La cassaforte a bocca spalancata è stata ancora fotografata dal tedesco indifferente.[224]

5.3. Alla ricerca dell'avorio

Un pugno di sterline, niente di più quindi. I diamanti non c'erano. Erano stati portati via della corrente, o addirittura non erano mai stati a bordo. Il Gianni arrivò anche a sospettare di una truffa ai loro danni[225].

222 S. Micheli, L'Artiglio ha confessato, cit. p. 94.
223 Ivi, pp. 94-95.
224 Lettera di Alberto Gianni alla moglie, in S. Micheli, L'Artiglio ha confessato, cit. p. 96.
225 S. Micheli, L'Artiglio ha confessato, cit. p. 97.

Ora bisognava recuperare le zanne d'avorio, sulle quali "non correvano leggende, ma dati precisi e la matematica certezza di realizzare un profitto"[226]. L'avorio, dodici tonnellate, si sarebbe dovuto trovare nella stiva di prua, nel troncone di nave opposto a quello dove si erano concentrati i lavori sino a quel momento.

Studiando a tavolino il da farsi, venne ritenuto indispensabile far saltare entrambi i ponti; lavoro difficile e ostico per la posizione inclinata dei quel settore della nave. La prima uscita non partì sotto i migliori auspici, il mare era mosso e il tempo non dei migliori, ma il Quaglia aveva deciso così, e uscire si doveva. L'*Artiglio*, essendo una barca di modeste dimensioni, resisteva bene alle onde e oscillava poco; le cose cambiavano quando le onde colpivano lo scafo da prua, dal davanti cioè: in questi casi cominciava a rollare rapidamente ed era pericolosissimo far immergere il palombaro, che si sarebbe trovato soggetto alle rapide correnti e nella possibilità più che concreta di rimanere impigliato nel relitto.

Un bagliore di speranza veniva dalla parte dell'Iroise[227], dove il sole faceva capolino tra le nuvole, segno che il vento calava. Fiducioso il Gianni decise di far ormeggiare l'*Artiglio* alla boa che segnalava il relitto dell'*Elizabethville*, nell'attesa che il mare si calmasse. In quei momenti di tempo libero, l'umore dell'equipaggio non era dei migliori. Il più delle volte ci si chiedeva perché rimanere lì a fare niente, quando mille cose c'erano da fare a terra. Si malediceva il Quaglia, che si ostinava a mandarli fuori, al largo, anche quando le condizioni atmosferiche non lo permettevano.

A terra, non significava soltanto distendere le gambe sotto il tavolo di un'osteria. Avevano da scrivere a casa, da spulizzirsi, da sbrigarsi tante piccole spese, e tante altre faccende personali. Soltanto a notte si sarebbero rintanati nell'unico modesto caffè a due passi dal porto, per bere qualche bicchiere e per sgranchirsi le gambe nel ballo: le brettoni non erano poi tanto due e indifferenti come si diceva e non solo in Francia.[228]

La decisione del Gianni ridiede felicità ai palombari e i sorrisi e la serenità tornarono sui loro volti. Dopo tre ore di inattiva permanenza in quelle acque, il capopalombaro decise che era ora di rimettere la prua a terra, chi s'è visto s'è visto.[229]

Il giorno successivo, ancora prima dell'alba, i lavori preparativi fervevano sull'*Artiglio*. Eseguite le necessarie operazioni, il capitano Tomei ordinò la manovra, e la nave uscì dal piccolo porto, diretta alle boe di segnalazione. Alle 5 era quasi già in pieno Atlantico, dopo essersi lasciata alle spalle la punta di Echelle e la baia di Quiberon. Alle 6 l'*Artiglio* era arrivato alle boe ed erano già in corso le operazioni di ormeggio, lavoro, questo, che avrebbe richiesto almeno un paio d'ore. Si trattava di calarsi nel battello di sicurezza attaccato all'*Artiglio* e legare una gomena ad ogni boa. Giulio e Vailante vogavano, mentre Costante e Sartini collegavano le gomene alle boe. Le boe erano così disposte: una a prua, una a poppa e due su ciascuna banda, lontane, come si è detto, sui sessanta metri.[230]

Terminate le manovre, il Gianni si preparò per essere calato nello scafandro. Intanto la nebbia era svanita, e aveva lasciato il posto ai primi raggi di sole che colpivano diagonalmente l'oceano. Il Gianni venne calato e, una volta sul relitto, chiese le tre mine da lui preparate in precedenza. Erano state colorate di biacca, sostanze coloranti bianche, per renderle visibili al palombaro

226 Ibidem.
227 Parte dell'oceano Atlantico che si estende dall'île de Sein a quella di Ouessant.
228 S. Micheli, L'Artiglio ha confessato, cit. p. 99.
229 Ibidem.
230 Ivi, p. 101.

sott'acqua. Dopo mezz'ora le cariche erano posizionate nei posti giusti e il Gianni si fece tirare su sul ponte dell'*Artiglio*. Colui che aveva in mano i due capi del cavo elettrico, quello collegato alle mine e quello collegato alla dinamo a bordo, era Mario. Al segnale del Gianni, Mario caricò la dinamo e fece accostare i capi del filo elettrico. Le mine esplosero con un rombo cupo che scosse la chiglia della nave.

Una volta tornata la visibilità, il Gianni si fece ricalare sul relitto, chiedendo che gli fosse mandato anche il grappio. Il Gianni ordinò di metterlo in azione, ma qualcosa di imprevisto avvenne: il grappio doveva essersi incastrato in un rottame assai robusto, e l'*Artiglio* cominciò a inclinarsi sul fianco e cominciò ad imbarcare acqua in coperta. Se fosse arrivata un'onda l'avrebbe capovolto. Tutti a bordo erano in apprensione, ma il Gianni li ignorò con un gesto di fastidio, continuando ad ordinare al Raffaelli di tirare su il grappio. Ed ebbe ragione, ancora una volta. Di colpo qualcosa in profondità cedette e il cavo si mise a vibrare, seguito da un rombo cupo. L'*Artiglio* si raddrizzò, facendo cadere tutti quelli che a bordo non avevano fatto in tempo a reggersi a qualche cosa. Con il grappio in superficie arrivò quasi una decina di tonnellate di materiale, tra un ammasso di rottami, lamiere, cavi e tiranti spezzati, di nuovo abbandonati in acqua. Il Gianni passò un'altra ora sul relitto per sgombrare il passaggio, fino a quando esausto tornò in superficie e venne sostituito da Mario Raffaelli. Alberto Gianni prese il suo posto al telefono e il lavoro poté ricominciare.

Diverse altre mine vennero piazzate per aprire uno squarcio nella coperta dell'*Elizabethville*. Il lavoro andò avanti fino a quando non fece buio, e il giorno successivo all'alba erano già tutti di nuovo all'opera. Quel giorno sarebbe stato il giorno del Franceschi, in tutti i sensi.

A bordo i palombari erano abbattuti dal non aver trovato ancora niente, in più dovevano vedersela con i giornalisti, che spesso e volentieri inventavano di sana pianta storie, soprattutto in seguito alla questione dei diamanti. Il Franceschi ce l'aveva soprattutto con uno di loro, un giornalista di Belle-Île, che giornalmente inviava alla terra ferma i racconti più fantasiosi, come quello in cui raccontava di essere sceso con lo scafandro a settantadue metri, quando non aveva mai neanche messo piede sull'*Artiglio*[231]. Mentre i suoi compagni se la ridevano di gusto, il Franceschi proprio non digeriva questa storia[232].

Oppure c'era chi affermava che prima di ogni immersione i palombari salutassero il duce e i camerati con il saluto romano. Senza contare che a parte il Quaglia e pochi altri, a bordo nessuno era fascista, men che meno i palombari.

Così il Gianni si dice abbia evitato per sé e per i suoi compagni l'iscrizione al partito fascista, pretesa dal federale di Lucca.

Ce n'è già così tanti sulla terra di fascisti: lasciateci respirare almeno sott'acqua!*[233]

Chiusa la parentesi giornalistica e politica, torno ai lavori.

Durante tutta la giornata, la benna continuò a portare a galla rottami contorti e legname marcito. Ormai non poteva che rimanere soltanto l'avorio. Il Franceschi affermava addirittura di riuscire a vederlo, attraverso lo squarcio nel ponte. Sarebbe bastato allargare di un metro l'apertura e farci entrare la benna. Ci fu però un inghippo nelle operazioni: una ganascia saltò

---

231 Ivi, p. 105.
232 "Quel brettone preghi il suo dio che non c'incontriamo mai sulla gettata del porto a Le Palais, poiché l'acciuffo come un granchio e lo porto di peso dentro lo scafandro. E per la madonna se non lo calo davvero sull'Elizabethville. E poi lo scriva pure.", in S. Micheli, L'Artiglio ha confessato, cit. p. 105.
233 Ivi, p. 106.

mentre si apprestava a divellere un pezzo di lamiera. Per sostituirla ci volle mezz'ora. Risolto il problema la benna venne calata di nuovo e, seguendo le precise indicazioni del palombaro, si riuscì ad aprire uno squarcio più grande.

Il Franceschi era ansioso di calarvisi dentro, dopo aver rassicurato il Gianni. Aristide Franceschi cominciò quindi la sua discesa nella voragine. A bordo c'era il silenzio più assoluto, tutti trattenevano il fiato.

5.4. "Le zanne: sono proprio le zanne!"

Con queste parole Aristide Franceschi rende partecipi i compagni a bordo dell'*Artiglio* del suo avvistamento. A bordo era esplosa la gioia, quietata solo da un gesto del Gianni, ancora in contatto con il palombaro immerso. Il Franceschi confermò la presenza delle zanne e di poterle addirittura toccare.

Iniziarono così le manovre per calare la benna a polipo, come richiesto dal Franceschi dal fondo. Mario cominciò a calare la benna, mentre dal fondo il Franceschi continuava a dare indicazioni. L'*Artiglio* venne fatto spostare di alcuni metri per rendere più agevoli i movimenti della benna.

A un certo punto arrivò una conferma dal basso: la benna era esattamente sopra le zanne. Poco dopo cominciò a risalire e poso sul ponte dell'*Artiglio* quattro grosse zanne d'elefante, di colore simile al cemento. Increduli e memori della storia dei diamanti, gli uomini a bordo si gettarono sulle zanne per confermare che fossero veramente loro. Per diradare ogni dubbi il Gianni, con un grosso coltello raschiò dalla superficie lo strato molle e nerastro: sotto di esso L'avorio apparve nettissimo, solido e sano. Allora tutti vollero provare, e qualcuno ci mise persino i denti.[234]

Il lavoro per quel giorno era terminato, e con grandi soddisfazioni. L'avorio c'era, era stato trovato, ora bisognava recuperarlo.

Nelle settimane seguenti però, i palombari poterono usufruire solamente di tre giornate, a causa delle burrasche che imperversarono in quel periodo. Il tre-sei-nove, il vento che colpiva quelle zone, prese a soffiare sempre più spesso, alternandosi ai venti provenienti da nord-ovest. I tre giorni fruttarono alcune tonnellate di avorio che furono ammassate e conservate in un magazzino nelle vicinanze dell'*Hotel Bretagne*. Stando al prezzo corrente sul mercato dell'avorio, ossia duecento franchi al chilo, la Sorima si dichiarò abbastanza soddisfatta dell'esito di questa prima impresa[235].

Il 12 settembre 1928 si concludeva l'avventura dell'*Artiglio* sull'*Elizabethville*; il lavoro sarebbe stato terminato dal *Rostro*. L'*Artiglio* fu mandato dalla Sorima a Brest, dove avrebbe intrapreso le ricerche di un altro tanto famoso quanto introvabile transatlantico, e del suo favoloso carico di oro. Si trattava dell'*Egypt*.

Però prima una questione delicata era da sistemare.

5.5. L'avorio tra italiani e francesi

Appena iniziò a essere portato a galla l'avorio e appena si sparse la voce, cominciarono anche le polemiche.

---

234 Ivi, p. 109.
235 Ivi, p. 111.

[...] la fronte del commendatore Quaglia era offuscata da nere nubi. Aveva "des ennuis"[236], si sfogò al tavolino del caffè.

Un francese – che chiamerò Dupont – aveva, o credeva d'avere, su di un rottame, qualche diritto che Terme (che era stato suo socio) aveva ora ceduto a Quaglia come parte secondaria del contratto. Quello che più contava, era che costui sosteneva d'aver diritto all'Elizabethville, e pretendeva di dividerne le spoglie, cosa che Quaglia era deciso a non ammettere; così era sorta una guerra a coltello.[237]

C'era già chi, come spesso capita in queste occasioni, pretendeva di avere una parte del guadagno, senza averne merito o diritto alcuno. Ma questo signor Dupont si dimostrò un tipo agguerrito, disposto a tutto pur di avere l'avorio.

Qualcuno aveva riferito a Quaglia che Dupont intendeva sequestrare il suo avorio. E Dupont, in persona, era giunto a Le Palais con lo stesso battello che aveva portato anche me.[238]

Tipo agguerrito questo francese. Ma il Quaglia si dimostrò non da meno[239].

Si doveva quindi pensare a un piano per evitare che l'avorio finisse in mani francesi, e per evitare le controversie legali, non gradite al commendatore; per questo venne indetto un consiglio di guerra, come lo definisce David Scott nel suo libro.

Venne quindi messa a punto questo piano d'azione: caricare nottetempo tutto l'avorio su un peschereccio e portare il carico all'*Artiglio*, ancorato dalla parte opposta dell'isola, al riparo dal tre-sei-nove, previa distrazione del malcapitato Dupont.

L'*Artiglio* avrebbe dovuto frasi trovare alle sei di mattina al largo di Le Palais, e il signor Terme avrebbe provveduto a far trovare un battello pronto alla banchina per quell'ora. Il piano aveva un punto debole, cioè che l'intera azione sarebbe avvenuta davanti all'hotel dove dormiva Dupont. Per evitare di essere scoperti, il Gianni, più concreto, al contrario del battagliero Quaglia, cambiò l'orario della sveglia della camera del francese: sulla lavagna dell'albergo dove questa era segnata, cancellò il 6 e lo sostituì con un 8.

Il piano sembrava perfetto, senonché il pescatore ingaggiato da Terme si presentò con un'ora di ritardo e il carico cominciò sotto l'occhio curioso di diversi passanti.

Alle otto metà dell'avorio era stato caricato e messo al sicuro a bordo della nave, quando, probabilmente svegliato da qualcuno, Dupont si precipitò con grande foga verso la banchina. Contemporaneamente, cosa che fa propendere ancora di più per un comportamento quanto meno ambiguo del pescatore ingaggiato per il trasporto, quest'ultimo era sceso dalla nave "per un drink"[240], e i marinai rifiutavano di muoversi in sua assenza.

Finalmente il mozzo andò a cercare e riportò a bordo l'uomo; ma non era finita. Proprio quando si era in procinto di sciogliere gli ormeggi un tizio, con in mano una carta azzurra, attraversò di corsa la banchina e saltò a bordo, ordinando al "patron" con un gesto drammatico, di arrestare il battello.

E cantò: "In nome della legge vi proibisco di partire!".[241]

---

236 Delle difficoltà
237 D. Scott, Con i palombari dell'Artiglio, cit. p. 122
238 Ivi, p. 123
239 "Se domani avrò ancora problemi con quell'uomo, ce lo affogo qui! Si vedrà cosa un italiano può fare!", in D. Scott, Con i palombari dell'Artiglio, cit. p. 123
240 Ivi, pp. 125-126
241 Ivi, p. 126

▲ La nave Egypth

I guai per Quaglia e compagni non erano finiti, quindi. Dopo aver letto l'atto di sequestro, e aver scambiato David Scott, che riporta questa scenetta nel suo libro, per il Quaglia[242], il nostro uomo andò proprio da quest'ultimo, nel suo hotel. Il commendatore dovette cedere e l'avorio fu riportato nel capannone dove si trovava in precedenza; dopodiché, quello stesso pomeriggio, Quaglia, assieme a Alain Terme e a Dupont, si recò a Lorient, al Tribunale.

Sul battello che portava i due contendenti e i vari simpatizzanti, ossia Alberto Gianni e compagni, si decise la sorte dell'avorio.

Tocca fare adesso un piccolo balzo indietro. Sulla banchina era successo che un gesto aveva alquanto rianimato gli abitatori dell'*Artiglio*; questo gesto fu uno schiaffo assestato da Terme al volto di Dupont, cosa che aveva scatenato l'ilarità generale. Oltre a questo, le ripercussioni del gesto del socio di Quaglia si ripercossero anche sul battello per Quiberon.

Mentre il battello si allontanava, Dupont faceva un discorso alla gente raggruppata sulla gettata, ma Gianni ne guastò alquanto l'effetto, indicando prima Terme, e poi portandosi la mano alla faccia, con un largo sorriso, e gridando a Dupont di "faire attention".[243]

L'esito della battaglia giudiziaria si seppe già su quel battello, il ricorso in tribunale fu solo una conferma.

[...] Quaglia aveva una voce molto più forte di quella di Dupont e riportò la palma della vittoria.

Finì che egli si tenne il suo avorio e Terme pagò pochi franchi di multa per l'aggressione.[244]

Concluso così l'"*affaire-ivoire*", per dirla alla francese, cosa che mi pare più che azzeccata in questa occasione, il Quaglia, il Gianni e l'*Artiglio* potevano dedicarsi completamente alla ricerca del leggendario *Egypt* e del suo favoloso carico.

---

242 Ibidem
243 Ivi, p. 127
244 Ibidem

Capitolo VI
UOMINI A CACCIA DI MITI

Si era così concluso il lavoro dell'*Artiglio* sul relitto dell'*Elizabethville*. L'avorio sarebbe stato recuperato definitivamente dal *Rostro*. Ora Alberto Gianni e compagni si sarebbero dovuti concentrare sul ritrovamento della carcassa dell'*Egypt* e del suo favoloso carico di lingotti d'oro.

6.1. A caccia di leggende

I palombari dell'*Artiglio* avevano dimostrato, con il recupero dell'avorio dell'*Elizabethville* a 72 metri di profondità, che cosa erano in grado di fare sotto la guida di quella mente geniale che era Alberto Gianni. Anche i più scettici avevano dovuto ricredersi. Ma con la gloria cresceva anche la difficoltà dei lavori che venivano proposti.

La Sorima era stata contattata e incaricata di ritrovare e recuperare il carico di un transatlantico divenuto ormai leggendario. Era l'*Egypt*, transatlantico inglese affondato in circa 120 metri di profondità, di cui non si sapeva l'esatta ubicazione. Si sapeva che era affondato a sud-ovest di Ousseant, nulla di più.

Quello che faceva gola, tanto alle compagnie assicurative quanto a chi si apprestava ad accingersi, o a chi ci aveva già tentato prima di loro, era il favoloso carico della nave.

La nave portava anche verghe d'oro e d'argento e denaro in contanti per un milione e cinquantaquattro mila lire sterline (un carico di quarantatré o quarantacinque tonnellate, tra oro e argento).[245]

Più specificatamente sull'Egypt erano stati imbarcati 1.089 lingotti d'oro, 164.979 sterline d'oro e 1.229 lingotti d'argento.[246]

Anche se, come afferma Micheli nel suo libro, la stima fatta da Scott, come da altri esperti, potrebbe non essere esatta, rimaneva comunque una bella ricompensa, in caso di successo.

Questo, assieme alla temerarietà e alle capacità del suo equipaggio, spinse il commendator Quaglia ad accettare l'incarico e a mandare sul posto la migliore nave, l'*Artiglio*, con il migliore equipaggio.

Era il 12 settembre del 1928 quando l'*Artiglio* lasciò il *Rostro* a terminare il lavoro sull'*Elizabethville* e si diresse a Brest per cominciare le ricerche del transatlantico affondato.

Vediamo ora brevemente la storia dell'*Egypt*.

Era un transatlantico di proprietà dell'inglese *Peninsular Orient Line*, che serviva la tratta Londra-Bombay. La nave misurava 152 metri di lunghezza e 16,50 di larghezza; pesava 7.941 tonnellate[247]. Era stato costruito a Greenock, nella regione dell'Inverclyde in Scozia, nel 1897. Dopo aver servito per venticinque anni la tratta tra Inghilterra e India, l'*Egypt* era annoverato come una delle navi più vecchie in servizio sulle linee di quella compagnia[248].

Durante la prima guerra mondiale era stata riconvertita in nave ospedale, molto probabilmente per sfuggire agli attacchi degli U-Boot tedeschi[249]. Dopo la fine della guerra fu nuovamente convertito in nave di linea e ritornò a servire la tratta Londra-Bombay.

---

245 Ivi, pp. 133-134.
246 http://www.agenziabozzo.it/vecchie_navi/B-Vapore/Navi_1850-1950_B018_Navi_recupero_ARTIGLIO_e_RAFFIO_davanti_al_porto_di_Camogli_1926.htm, 2016.
247 Ibidem.
248 D. Scott, Con i palombari dell'Artiglio, cit. p. 133.
249 B. Giannaccini, L'Artiglio, cit. p 37.

Doveva seguire quella solita rotta quando l'*Egypt* partì per quello che si rivelerà il suo ultimo viaggio, il 19 maggio del 1922. Quel giorno a bordo si trovavano quarantaquattro passeggeri, e l'equipaggio era formato da duecento novantuno uomini. Dopo la partenza dal porto di Tilbury a Londra era prevista una sosta a Marsiglia, dove si sarebbe imbarcata la maggior parte dei passeggeri diretti in India.

6.2. La collisione

Erano le sette di sera[250] del giorno seguente, il 20 maggio, un giorno di nebbia fitta, che rasentava il pelo dell'acqua; l'*Egypt* avanzava, suonando il corno d'avvertimento a intervalli regolari, lungo una rotta s-s-o[251] attraverso il golfo di Biscaglia fino a capo Finisterre, raggiunse un punto situato a circa venticinque miglia a sud di Ouessant e a trenta a ovest della Pointe du Raz, di fronte all'Ile de Sein.

Il capitano dell'*Egypt* faceva molta attenzione a ciò che succedeva a prua, per evitare collisioni, essendo quello un tratto molto frequentato. A un certo punto si sentì un corno provenire dalla sinistra della nave, a cui quest'ultima rispose. In questi casi, nella maggior parte dei casi, anzi, la percezione del suono di un corno da nebbia da un lato della nave voleva dire che due navi stavano percorrendo la stessa tratta parallelamente l'una all'altra.

Quando il corno fu riudito dalla stessa direzione, ma più vicino gli animi a bordo dell'*Egypt* cominciarono ad agitarsi. Nonostante l'apprensione il capitano rispose nuovamente al richiamo, tenendo diritta la rotta.

Fu la fine.

D'un tratto, nella nebbia, si scorse la prua di un grande piroscafo da carico in rotta quasi verso nord-ovest. Prima che si potesse fare una qualsiasi manovra per evitare la collisione, la prua aveva investito violentemente l'Egypt a sinistra, tra le ciminiere, un poco più a poppa della sezione maestra. Il fianco dell'Egypt fu squarciato, ma le due navi non rimasero incastrate l'una nell'altra. Ciascuna fu trascinata dalla sua spinta e pochi minuti dopo s'erano perse d vista nella nebbia.[252]

L'altra nave si allontanò dal luogo dell'incidente, forse non immaginando che l'*Egypt* si potesse trovare in una situazione disastrosa e immutabile.

L'altro piroscafo in questione era il *Seine*, capitanato da Le Barzic, che viaggiava in direzione Le Havre da La Palice.

La collisione era avvenuta perché Le Barzic, a causa delle nebbia, aveva lasciato la solita rotta costiera e si era spostato verso il largo, in alto mare. Quindi il *Seine* si era trovato a incrociare la rotta delle altre navi a un punto molto più a sud della sua normale rotta.

La prua della nave di Le Barzic era rinforzata in modo da poter spezzare e farsi strada tra i ghiacci delle acque settentrionali. Quindi per questa trapassare lo scafo dell'*Egypt* fu letteralIl capitano del *Seine* rintracciò il transatlantico inglese appena prima che questo affondasse, e per tre ore, assieme al suo equipaggio lavoro disperatamente per cercare di salvare i naufraghi[253].

Il Seine poté raccogliere venti dei passeggeri e duecentodieci uomini dell'equipaggio e quattro cadaveri. Novantasei vite furono perdute.[254]

---

250 Le quattro, secondo l'orario estivo inglese.
251 Sud-sud-ovest.
252 D. Scott, Con i palombari dell'Artiglio, cit. p. 135.
253 Ivi, pp. 135-136.
254 Ivi, p. 136.

L'*Egypt* era affondato portando con sé novantasei persone, oltre al suo favoloso carico.

Si apriva adesso il contenzioso su come in realtà erano andate le cose, per esempio sulla velocità tenuta dalle due navi al momento dell'urto.

Secondo Le Barzic, egli stava navigando a una velocità di cinque nodi[255], mentre l'*Egypt* avanzava a una velocità di quindici nodi[256].

Al contrario, il commissario del transatlantico inglese, così come uno dei passeggeri superstiti, affermarono che l'*Egypt* in realtà era fermo.

Molta discrepanza quindi tra le due versioni, troppa anzi.

Infatti, in seguito, il comandante dell'*Egypt*, scampato anche lui al naufragio, affermò che la sua nave avanzava a velocità morta, cioè a motori spenti.

I transatlantici, nelle acque di Ouessant, devono rispettare delle precauzioni speciali in caso di forte nebbia. Spesso i transatlantici postali son costretti a procedere a velocità elevate anche in caso di nebbia, per rispettare gli orari di consegna. Cosa che non era possibile fare in quel tratto di mare davanti a Ouessant, e in genere questo avvertimento era rispettato[257].

L'*Egypt* era affondato molto lontano dalla vista di ogni punto costiero, a distanza di trenta miglia dalla costa più vicina. Anche seguendo le indicazioni dei superstiti risulterà impossibile rintracciare il relitto.

Almeno fino all'arrivo dell'*Artiglio* e del suo equipaggio.

6.3. Inizia la ricerca!

Subito dopo il naufragio, il radiotelegrafista dell'*Egypt*, che non sopravvisse alla tragedia, trasmise la sua posizione, invocando aiuto continuativamente per i lunghissimi venti minuti prima dell'affondamento della nave. I segnali erano arrivati alle stazioni radiotelegrafiche della costa che poterono così rilevare i punti di riferimento sul luogo dove la nave si trovava.

Questi punti di riferimento, assieme al solo punto segnato dal capitano, erano i soli dati a disposizione di chi si apprestava a ricercare il relitto.

Ovviamente ci furono altri che ci provarono, prima dell'ingresso sulla scena della Sorima e dei suoi uomini.

Nel 1925, Alain Terme (che abbiamo già visto al fianco del Quaglia ma con il quale a quell'epoca ancora non era in società), agendo per la compagnia "*Union d'entreprises Sous-Marines*"[258] ottenne il permesso di ricercare il relitto, appoggiato dalla "*National Salvage Association*", compagnia londinese di recuperi marittimi[259], e dai signori Sandberg e Swinburne, anch'essi di Londra. Il primo, l'ingegnere Peter Sandberg, fu il primo a concepire l'idea di recuperare l'oro dell', fu il primo a concepire l'idea di recuperare l'oro dell'*Egypt* e mettere in moto la macchina per renderlo possibile. Ma prima di parlare del tentativo di Terme è bene fare un passo indietro.

Era successo che, una volta affondata la nave, gli assicuratori avevano pagato completamente la polizza, pensando che ormai la totalità del carico dell'*Egypt* fosse andata per sempre perduta, essendo il relitto affondato a un profondità doppia rispetto a quella fino ad allora raggiunta dai palombari.

Tutto ciò non scoraggiò l'ingegner Peter Sandberg, che anzi espose il suo intento di recuperare

255 Circa 9,26 km/h.
256 Circa 27,78 km/h.
257 D. Scott, Con i palombari dell'Artiglio, cit. p. 136.
258 S. Micheli, L'Artiglio ha confessato, cit. p. 117 (nota 12).
259 Ibidem.

il relitto a due suoi illustri vicini di casa, ossia Sir Percy Mackinnon e il signor Charles I. de Rougemont, entrambi rappresentanti dei "*Lloyd*" di Londra, la compagnia assicuratrice proprietaria dell'*Egypt*.

Appoggiato da questi due nuovi compagni di avventure, il signor Sandberg firmò un contratto con un terzo personaggio, Sir Joseph Lowry, della già citata "*National Salvage Association*"; in seguito noleggiò una moderna nave recuperi, la *Fritjof*, di proprietà della *Gothemburg Salvage and Towage Company*.

Dopo aver quindi firmato un contratto con i "*Lloyd*" di Londra, l'ingegnere di origine svedese poté iniziare il suo lavoro. Gli si pose però un enorme problema: individuare l'esatta posizione del relitto.

Oltre la nebbia, la confusione a bordo era stata così grande che nessuno aveva pensato di controllare la posizione dell'*Egypt* al momento dell'incidente[260].

A bordo del *Fritjof* era imbarcato anche il capitano Hedbäck, che contribuirà all'iniziativa, come comandante di rotta. La spedizione, composta, oltre che dal Fritjof, da altri due rimorchiatori, arrivò al largo di Brest. Dopo due mesi di ricerche gli equipaggi riuscirono a incappare in qualcosa che ritennero essere l'*Egypt*[261]. Il punto venne segnato sulle carte, alle coordinate latitudine 48°06'05" nord e 5°29'30" ovest, il punto che diventerà famoso come "punto di Hedbäck".[262] Errore grossolano e decisivo fu quello di non segnare il punto con delle boe in mare. La spedizione non effettuò inoltre nessun controllo, nessuna immersione per verificare che quello fosse effettivamente il relitto ricercato, sia per le avverse condizioni atmosferiche, sia, soprattutto, per la mancanza di attrezzature adatte allo scopo. Rientrata la missione in Svezia con la speranza di ottenere queste nuove attrezzature, il progetto cadde e l'impresa non ebbe mai un seguito. Si dovrà attendere il 1925 perché si assista ad un altro tentativo, come abbiamo visto all'inizio del paragrafo.

Nell'autunno si stipulò un contratto tra la francese "*Union d'Entreprises Sous-Marines*", di cui Alain Terme era dirigente, e i signori Sandberg e Swinburne. Questa volta a disposizione dell'impresa c'erano gli scafandri della Neufeldt & Kuhnke.

Con questi scafandri i palombari tedeschi lavorarono appoggiati da due navi francesi, l'*Iroise* e il *Pélican*. Rimasero al lavoro per tutta l'estate del 1926.

Gli scafandri funzionavano a meraviglia, ma i palombari non riuscirono a localizzare il punto dell'affondamento, per quanto il loro capo palombaro sembra fosse riuscito durante un'immersione a scorgere una massa scura che poteva, secondo lui, essere il relitto[263].

Fu così che, sul finire dell'estate del 1928, ci si rivolse all'italiana Sorima, nella convinzione comune che anche i suoi palombari avrebbero fallito nell'impresa.

Nessuno si era mai sbagliato così tanto.

6.4. *Tocca all'Artiglio*

Dopo la chiamata dei *Lloyd*, nel settembre del 1928 l'*Artiglio* si apprestava a partire alla volta di Brest, accompagnato dal *Rostro* e attrezzato con le migliori apparecchiature della tedesca Neufeldt & Kuhnke.

---

260 http://www.lookandlearn.com/blog/31247/the-sunken-p-o-liner-egypt-was-called-the-impossible-salvage, 2014.
261 D. Scott, Con i palombari dell'Artiglio, cit. p. 143.
262 S. Micheli, L'Artiglio ha confessato, cit. p. 118 (nota 14).
263 D. Scott, Con i palombari dell'Artiglio, cit. p. 144.

L'*Artiglio* giunse al porto di Brest nel tardo pomeriggio del 13 settembre, e ad accoglierlo l'equipaggio trovò un raggiante Giovanni Quaglia che comunicò loro che, dato il bel tempo previsto per il giorno seguente, la ricerca dell'*Egypt* avrebbe avuto inizio dalla mattina[264].

Ora si doveva decidere come procedere e, come spesso accadde sull'*Artiglio*, si confrontarono due correnti di pensiero: quella del Quaglia e quella di Alberto Gianni.

Il primo sosteneva che bisognasse dragare il fondale cominciando dal prima citato punto di Hedbäck, dove anche Alain Terme e gl'inglesi più tardi, pur non ottenendo dei risultati migliori, indicavano quella zona come l'unica «buona».[265]

Di altro avviso era Alberto Gianni che, senza farsi contagiare dall'entusiasmo del commendatore, sosteneva un modo razionale di procedere e spiegò che si sarebbe dovuto tracciare subito una specie di piano, o pianta che racchiudesse nella sua area la possibilità di localizzare – s'intende con largo margine – il rottame, in base a tutti i rilievi stabiliti fino allora.[266]

Questa sua decisione era dovuta anche al fatto che, in ogni caso, anche gente altrettanto preparata come inglesi, tedeschi e francesi avevano scandagliato senza successo quel tratto di mare.

Come spesso accadeva, anche in quest'occasione il Quaglia si risentì e quasi attaccò il Gianni. Fu così che inizialmente si optò per la versione del commendatore: arare quel tratto di mare, dove i predecessori non erano stati in grado, secondo il Quaglia più per incapacità che per l'effettiva assenza del relitto in quel quadrante[267], di rintracciare l'*Egypt*.

Nei giorni successivi quindi si dragò il fondale con il solito metodo: utilizzando il grappio, che veniva trainato su un fondale, che continuava ad essere ritenuto piatto e privo di ostacoli. Si continuò così per giorni, ma il grappio continuava a non opporre alcuna resistenza. Infatti, al contrario di quanto credeva il Quaglia, il cavo metallico usato per il dragaggio, essendo di 30 mm di diametro e quindi abbastanza leggero, generava una curva tale che andava a strusciare sul fondo, ponendo il grappio in condizione d'incomodo. Soltanto per mero caso, esso avrebbe potuto far presa in un ostacolo affiorante.[268]

Di certo non era il metodo migliore di procedere, ma così era per volere del Quaglia.

Alberto Gianni e Mario avevano già compreso che sarebbe servito un metodo diverso, più ragionato; non si poteva affidarsi sempre al puro caso: ogni tanto poteva anche andare bene, ma la maggior parte delle volte si rischiava di passare più volte accanto al relitto senza mai toccarlo.

6.5. *La famiglia dell'Artiglio*

L'autunno avanzava, e le giornate di lavoro si riducevano sempre più, fino ad arrivare a un paio di giorni a settimana. Ormai l'oceano era spesso talmente mosso da impedire all'*Artiglio* di lasciare il porto. Gli uomini allora sbrigavano molto del loro lavoro a bordo della nave, ma al riparo nel porto.

Chi erano gli uomini che avevano seguito i tre palombari in questa impresa?

Molti marinai e macchinisti erano già stati con il Gianni ai tempi del *Nereide* e del *Naiade*. Oltre ad essi ce ne erano altri, portati sempre dal Gianni. Li accomunava il fatto che erano tutti

---

264 S. Micheli, L'Artiglio ha confessato, cit. p. 120.
265 Ibidem.
266 Ivi, cit. p. 121.
267 Ibidem.
268 Ivi, cit. p. 122.

di Viareggio. È sempre una cosa positiva avere compaesani come compagni di lavoro.

Il capitano era Mario Tomei, a cui facevano riferimento, oltre ai palombari Gianni, Franceschi, Raffelli e Domenici[269], anche Nazzareno Cupisti, nostromo; Tiziano de Nardi, il Capo, capo macchinista. Lui era di Camogli, a differenza di tutti gli altri. Caporale di macchina era Arturo Vivaldi, primo fuochista e ingrassatore il sardo Antonio De Jana; ad aiutarlo c'era il secondo fuochista, Vincenzo, anche lui sardo.

I marinai era i già conosciuti Giulio Sartini, Vailante Cortopassi, Lorenzo e Costante Olivieri; il cugino di Mario, Amedeo Raffaelli. Figuravano inoltre Antonio Arcuri, radiotelegrafista, di Genova e Angelo Sartini, detto lo Zio o Zio Angiò, padre di Giulio, cuoco, aiutato dal quindicenne Amerigo[270].

A bordo formavano tutti una grande famiglia, tutti si aiutavano e nessuno si tirava mai indietro quanto si trattava di togliere una fatica ad un compagno. Tutto ciò nonostante il lavoro sull'*Artiglio* fosse davvero faticoso e andava *da stelle a stelle*, ossia dall'alba al tramonto[271].

Quello che sembrava mancare in questa grande famiglia, non una cosa così malvagia come invece la vedeva il Quaglia, era la quasi assoluta mancanza di autorità e di dignità nei gradi gerarchici dell'equipaggio. Ci si trattava tutti come pari, solo allo Zio Angiò si dava del Voi, o comunque alle persone più anziane a bordo.

Si notava, per esempio, un Gianni (il più elevato in grado e in stima) che dava del voi al cuoco Zio Angiò, dal quale veniva invece paternamente trattato col tu e, non di rado, assai duramente.[272]

Nessuno a bordo dell'*Artiglio* teneva in troppa considerazione l'autorità; si era, questo sì, fedeli alla disciplina, indispensabile su un posto di lavoro, ma l'equipaggio si dimostrava rispettoso verso chi lo meritava davvero. Si guardavano le capacità e lo zelo, piuttosto che il grado di appartenenza.

Tutto il contrario dell'idea di gerarchia militare del Quaglia: un uomo messo al comando deve essere trattato come tale in quanto superiore in grado agli altri. Costui deve inoltre mostrare polso e scaltrezza al tempo stesso, doveva presentarsi autoritario verso gli inferiori.

E ovviamente, il primo a non essere visto di buono occhio dal commendatore era proprio il capitano, Mario Tomei, che, come vedremo ne pagherà presto le conseguenze.

Uomo diritto e serio, con una grande esperienza alle spalle, il capitano Tomei aveva solcato letteralmente l'Atlantico in lungo e in largo.

Avvenne che un giorno, sul finire di settembre, si approfittò di una delle ormai rare giornate di bel tempo per dragare una delle zone suggerite dai due piloti bretoni che sostenevano di sapere dove potesse essere l'*Egypt*. Il quaglia volle quel giorno assistere ai lavori.

Dopo otto ore di lavoro sfiancante e inutile, intimorito dalla nebbia che era scesa sempre più fitta, il capitano Tomei decise di fare marcia indietro e tornare a Brest. Voleva evitare di trovarsi a navigare a tentoni di notte, con un nebbione fittissimo, in una zona tra le più trafficate.

La decisione scatenò le risate dei due piloti bretoni, che derisero la paura del capitano, con tanto di comportamenti poco consoni verso un superiore, per citare il pensiero del Quaglia. Le parole di scherno dei due piloti giunsero alle orecchie proprio del commendatore, che volle sapere se le paure del suo capitano erano davvero fondate.

---

269 Bargellini non era presente perché inviato in precedenza sul Rostro, in S. Micheli, L'Artiglio ha confessato, cit. p. 124 (nota 4).

270 Ibidem.

271 Ivi, cit. pp. 124-125.

272 Ivi, cit. p. 124.

Ovviamente i due bretoni negarono con spavalderia, dicendo che si poteva continuare a tutta velocità.

Nel mentre Tomei ordinò di virare per passare *di fuori*, vale a dire lontano dalla rotta più frequentata. Ciò scatenò ancora di più le proteste dei due francesi, che si lamentarono con il Quaglia dicendo che così avrebbero allungato di otto miglia il percorso. Quaglia fu facilmente convinto dalle loro parole, forse provato e insofferente per il mal di mare. Ordinò perentorio al capitano di fare marcia indietro e passare *di dentro*, ossia lungo il Chenal du Four, quello più trafficato.

Il Tomei, con calma, spiegò che sarebbe stato quasi un suicidio addentrarsi li dentro. Il Quaglia non ne voleva sapere.

Il Tomei, ribadendo le tanto dal Quaglia amate gerarchie di bordo, si rifiuto e ordinò di fermare i motori, nonostante gli ordini del commendatore e gli sghignazzi dei piloti bretoni. Secondo il capitano si trovavano ora sul bassofondo di Ouessant e non voleva arrischiarsi con la nebbia su un percorso irto di scogli e secche.

I piloti, ormai decisi a negare tutto ciò che il capitano dell'*Artiglio* affermava, dissero che secondo loro ci si trovava già fuori dal bassofondo, a sud est di Ouessant.

Ci si fermò, e quando la nebbia si aprì era palese che ad aver ragione fosse il capitano Mario Tomei. Ma il Quaglia non avrebbe mai ammesso il suo errore.

Quello fu l'ultima uscita della stagione. Quello fu l'ultimo viaggio con l'*Artiglio* del capitano di lungo corso Mario Tomei[273].

6.6. Arare l'oceano secondo il Gianni

Dopo giorni di ricerca infruttuosa il commendatore Giovanni Quaglia, dopo il colpo di scena del licenziamento del capitano Tomei, dovette cedere sulle modalità di ricerca del relitto dell'*Egypt*.

Nei mesi passati a riposo, a casa o a Genova, il Gianni aveva lavorato, come suo solito, per migliorare le attrezzature di lavoro.

La torretta era stata migliorata, resa più maneggevole e resistente alla pressione grazie alla sostituzione del cilindro metallico liscio con le cosiddette "zone sferiche", brevettate dal tecnico sommergibilista livornese Roberto Galeazzi[274]. Mentre prima la torretta era formata da un singolo tubo metallico, completamente liscio, ora la torretta si presentava a sezioni circolari e *a cuscinetto*. Ciò permetteva alla torretta di resistere meglio alla pressione sottomarina e la rendeva perciò ancor più sicura.

Era ancora un involucro per immersioni, ma ridotto ad un semplice cilindro, senza braccia o gambe, né vulnerabili serbatoi per zavorra o tubi per l'aria.

[...] Si poteva far molto di più con un perfetto lavoro d'assieme alla superficie, diretto dalla profondità, che non cercando di mettere il palombaro in gradi di servirsi delle sue mani.[275]

In quei mesi vennero costruiti dal palombaro viareggino anche nuove benne: una a scatto automatico, a forma di forbice; l'altra, con otto piccole ganasce disposte a mo' di petali di un fiore. Questa benna era in grado di chiudersi talmente stretta da non farsi scappare nemmeno una piccola moneta. Un'altra benna era quella a pinze uncinate, che avrebbe rovistato e afferrato in un'area ridottissima. L'invenzione più geniale era però la *rete*, una specie di cassa

---

273 Ivi, cit. pp. 126-130.
274 Ivi, cit. p. 131 (nota 1).
275 D. Scott, Con i palombari dell'Artiglio, cit. p. 146.

metallica traforata, simile a quella usata dalle gru nell'escavazione dei fossi, per impedire alla benna, una volta chiusasi attorno ad essa, di lasciar sfuggire i piccoli oggetti artigliati.[276]

Fu ideata dal Gianni anche una speciale biga a bandiera, da innestare al normale cavo d'immersione, che avrebbe permesso al palombaro quei movimenti che prima erano possibili solo spostando addirittura l'*Artiglio* sopra di esso.

In quei mesi il Gianni studiò anche il nuovo metodo per dragare l'oceano Atlantico, così ricco di scogli e ostacoli naturali. Si trattava di un *dragaggio a paranza* che prevedeva la presenza di due navi contemporaneamente al lavoro. Queste avrebbero trascinato un lunghissimo cavo, a contatto con il fondo. Quindi quella stagione vide al lavoro l'*Artiglio* appoggiato dal *Rostro*. Ma ovviamente prima di procedere bisognava sapere con quanta più certezza possibile, dove bisognava dragare per ricercare il relitto.

6.7. Con l'estate riprende la caccia

L'*Artiglio* tornò a Brest il 2 giugno 1929, con al comando Giacomo Bertolotto, di Camogli. Come terzo palombaro era tornato a bordo Alberto Bargellini, sostituito sul *Rostro* da Fortunato Sodini, sempre di Viareggio.

Il 4 l'equipaggio venne raggiunto dal commendatore Quaglia e da Terme. Nel pomeriggio, presso un forte in disuso nel punto più lontano del porto, l'*Artiglio* recuperò le sei tonnellate di esplosivo preparate precedentemente dal francese Terme.

Ora bisognava decidere dove si sarebbe cominciato a dragare, da quale dei punti segnati sulla mappa. Questi punti erano tre: il già citato punto di Hedbäck[277]; il punto segnato dal capitano dell'*Egypt*[278]; e il punto segnato dall'Ammiragliato inglese[279] durante le sue ricerche. Come si vede, essi erano relativamente vicini uno all'altro: erano simili per longitudine, ma differivano nella latitudine.

Trovandosi su un stessa retta, da nord a sud, si poteva cominciare dragando il fondale lungo questa linea. Si sarebbe così dragata un'area di venti miglia quadrate, un'area troppo estesa[280]. Bisognava tenere conto però di una cosa, fondamentale. La rotta più frequentata, molto probabilmente anche dall'*Egypt*, era quella che correva da un punto al largo di Ouessant fino a un punto al largo di capo Finisterre, in Spagna. Correndo in direzione nordest-sudovest, il punto che più era vicino a quelle coordinate era il pinto del Capitano. Però, nell'ovvio terrore del momento, il capitano dell'*Egypt* non aveva avuto il tempo di calcolare l'influenza delle correnti. Ovviamente non è la prima cosa che un capitano pensa quando la sua nave sta affondando. Sta di fatto che ciò ha portato ad una rilevazione errata, troppo a nord rispetto a dove in realtà si trovava la nave al momento della collisione con il *Seine*. Per Questo Hedbäck spostò, dopo aver studiato la tavola delle maree assieme a Malmborg, le ricerche più a sud del punto del Capitano[281].

All'alba del 5 giugno, la data della prima uscita dell'*Artiglio* con il finalmente approntato *Rostro*, si era deciso per cominciare dal punto di Hedbäck quindi. Il mare era piatto, calmo; le condizioni ideali per l'immersione.

---

276 Ivi, cit. p. 131.

277 48°06' nord, 5°29' ovest.

278 48°10' nord, 5°29' ovest.

279 48°14' nord, 5°29' ovest.

280 D. Scott, Con i palombari dell'Artiglio, cit. p. 153.

281 Ivi, cit. pp. 153-154.

L'idea era quella di dragare su e giù in un raggio di circa due miglia a partire dal punto segnato dal capitano svedese.

Arrivati al punto esatto, si calò una boa in mare e Lorenzo e Vailante ci ormeggiarono l'*Artiglio*. Carli e Bertolotto segnarono il punto con i sestanti, mentre Arcuri si sarebbe tenuto in contatto con le stazioni della costa per uno scambio di punti di riferimento.

I primi ad immergersi furono Alberto Bargellini e Mario Raffaelli, tornato sul *Rostro*. La torretta fu calata e scomparve nel cupo oceano Atlantico.

Ancora una volta la corrente la fece da padrona. Mario fu spinto alla deriva e non riuscì neanche a toccare il fondo; Bargellini invece riuscì a distinguere un fondale sabbioso cosparso di conchiglie e piccoli sassi, alla profondità di 120 metri. Aveva inoltre constatato che era abbastanza luminoso da poter lavorare senza l'utilizzo delle fastidiose lampade[282].

Era tardi per iniziare il dragaggio, e inoltre il *Rostro* era stato spinto dalla corrente a circa un chilometro di distanza da dove era stato ormeggiato.

Il pomeriggio passò tra rilievi radiografici e la preparazione dei piani per il giorno seguente.

Quando scese la notte si accesero i fari di posizione, essendo quella la rotta più frequentata dalle navi.

Il giorno seguente il dragaggio cominciò alle sei del mattino; il mare era ancora calmo e il sole spuntava dalla nebbia.

Si cominciò a dragare con il nuovo sistema messo a punto dal Gianni; dopo aver assicurato il cavo a poppa delle due navi, esse cominciarono a muoversi lentamente verso nord. Il cavo, di circa milleduecento-cinquanta metri, fluttuava fuori bordo.

Per scambiarsi segnali e tenersi in contatto era stato scelto il marinaio Lorenzo, soprannominato Il Magnifico[283], promosso a segnalatore dell'*Artiglio*, dato che aveva imparato un po' di alfabeto con le bandiere sotto le armi. Dopo qualche inghippo, anche il sistema di segnalazione cominciò a funzionare.

Quasi subito il cavo fece resistenza. Gianni ordinò di salpare il cavo che continuava a fare resistenza; poteva essere s' un relitto, dato che se fosse stato uno scoglio il cavo si sarebbe già liberato.

Non si poté calare la torretta perché si era alzato il vento, e la corrente aveva ripreso ad essere forte. Inoltre agli italiani non piaceva affatto tuffarsi tra cavi immersi in acqua. Per essi, la corrente cui non erano abituati voleva dire pericolo di rimanere impigliati e preferivano scendere sciolti.[284]

Così il Gianni continuò a salpare il cavo, che dopo un attimo smise di fare resistenza e tornò a bordo senza su di esso alcun segno di ruggine o altro che potesse identificare la presenza di un rottame.

Le navi si staccarono e ripresero a dragare, ma era chiaro che le cose non andavano.

Ad ogni cinque o dieci minuti il cavo faceva resistenza, e noi ci fermavamo salpandolo pieni di speranza, ma sempre, dopo poco tempo, lo sentivamo di nuovo libero. Evidentemente, invece del fondo sabbioso e liscio che ci era stato promesso, ci trovavamo su un fondo cosparso di rocce spezzettate, il che rendeva il dragaggio per mezzo di un semplice cavo quasi impossibile.[285]

---

282 S. Micheli, L'Artiglio ha confessato, cit. pp. 135-136.
283 D. Scott, Con i palombari dell'Artiglio, cit. p. 162.
284 Ivi, cit. p. 164.
285 Ivi, cit. p. 165.

Il cavo doveva quindi rimanere sospeso dal fondo. Quello utilizzato fino a quel momento, oltre a rivelarsi inutile, si era infine spezzato per il continuo contatto con gli scogli.

Per mantenere il cavo sospeso si pensò inizialmente di tenerlo sollevato per mezzo di tante piccole boe opportunamente calcolate. Esse non erano subito disponibili, quindi questo metodo fu presto abbandonato.

Il Gianni decise di appendere alcune ancore a una certa distanza dal cavo in modo che la parte centrale di esso risultasse ben tesa[286].

La trovata, benché all'apparenza efficace, non fu ben vista a bordo. Innanzitutto, la distanza del cavo dal fondale dipendeva anche dalla velocità delle navi, non solo dal peso delle ancore; inoltre la draga, così appesantita, rischiava di scardinare i tamburi a cui il cavo era collegato. Infine, da non sottovalutare la mole di lavoro e la grande fatica che ci voleva per togliere le ancore ogni volta che il cavo faceva resistenza e bisognava salparlo.

A mettere fine alle ricerche per quel giorno ci pensò uno strappo del cavo talmente violento da mettere fuori uso tamburo e verricello.

Non restava altro da fare che tornare a Brest.

6.8. Sull'Artiglio si decide il futuro delle operazioni

Giovanni Quaglia era un uomo servito da tutti con sussiego a Brest: persino le autorità gli mostravano deferenza. Ciò era dovuto soprattutto al fatto che egli era il proprietario della mitica nave che era stata capace di trovare relitti dati per dispersi, ossia l'Artiglio.

Il Quaglia aveva fissato quello che si poteva definire il suo quartier generale sotto la verde tenda del Cafè Continental di Brest.

È una grande stanza, con il soffitto alto e un lungo banco carico di bicchieri e di bottiglie da un lato, una doppia fila di panche imbottite al centro, e vari tavolini di marmo sparsi qua e là. Da una parte si apre sulla via, con due enormi finestre, sempre aperte.[287]

Attorno al Quaglia sotto quella tenda giravano molti personaggi. In qui concitati giorni di giugno sedevano con lui il tenente della Marina da Guerra italiana Alberto Cuniberti, esperto di sottomarini, arrivato dall'Italia come inviato del Ministero della Marina. Vi figurava anche il fratello di Alain Terme, comandante e membro dello Stato Maggiore Navale. Un altro personaggio era il comandante Burkhardt, ufficiale di marina, addetto all'addestramento degli ufficiali da destinare ai sottomarini. La gente il Quaglia la incontrava lì, al Cafè. Ma le vere decisioni venivano prese nella sua camera.

O direttamente a bordo dell'Artiglio, come avvenne il mattino del 7 giugno.

Secondo il commendatore, il punto del Capitano doveva esser assai più vicino al punto reale dell'affondamento dell'Egypt rispetto al punto di Hedbäck. Sarebbe stato comunque impossibile eseguire dei dragaggi con buoni risultati presso il punto segnato dallo svedese, data la massiccia presenza di rocce su fondale.

Se si fossero segnate sulla carta tutte le rocce presenti presso il punto di Hedbäck, la marina francese, con Burkhardt, avrebbe potuto scandagliare quella zona, mentre l'Artiglio avrebbe potuto concentrarsi in altre zone, dove era molto più facile che si trovasse realmente il transatlantico inglese.

Il commendatore Quaglia, assieme al capitano Bertolotto e al capitano Carli, disegnò sulla

---

286 S. Micheli, L'Artiglio ha confessato, cit. p. 142.
287 D. Scott, Con i palombari dell'Artiglio, cit. p. 169.

▲ Rupie indiane recuperat dall'Egypth

carta un'area romboidale: al centro stava il punto del capitano, al vertice superiore sinistro si trovava il punto dell'Ammiragliato, mentre il punto di Hedbäck si trovava al vertice opposto. Il parallelogramma così formatosi misurava un totale di cinque miglia di larghezza e otto di lunghezza[288]. Comprendeva così circa dieci miglia della rotta Ouessant-capo Finisterre.

Il *Rostro*, successivamente uscì per segnalare con le boe l'area delle ricerche. Compito per nulla facile quello che si presentava ora al capitano Carli.

Il vento stava calando, di conseguenza presto sarebbe scesa la nebbia che avrebbe reso quasi impossibile trovare la boa che segnalava il punto di Hedbäck. Cosa non trascurabile, il capitano doveva poi mettere in mare quattro boe ai vertici, due a metà dei lati più lunghi e uno al punto del Capitano. Un'area di circa 40 chilometri quadrati, da coprire resistendo alle correnti sempre più forti[289].

Compito portato comunque a termine dal capitano Carli con grande maestria, addirittura prima che facesse sera, e nonostante ad un certo si fosse trovato a navigare nella pioggia, con la visibilità nettamente ridotta. Il *Rostro* passò la notte attraccato alla boa numero 1, quella del punto del Capitano. Al mattino le condizioni climatiche erano troppo negative per tentare il dragaggio e il *Rostro* fece rotta su Brest e tornò a ripararsi nel porto. Per un'intera settimana non si poté uscire a lavorare.

6.9. *Nuove informazioni vengono in aiuto dei palombari*

La settimana, pur tra tutto il tempo passato tra la *Brasserie de la Marine*, poco amata dai viareggini per la presenza di tanti ufficiali francesi, e una ballo scatenato all'*Ermitage*, sul lato opposto della città, fu tutto sommato spesa bene.

---

288 Circa 8 metri di larghezza per 13 di lunghezza.
289 D. Scott, Con i palombari dell'Artiglio, cit. pp. 171-172.

Furono raccolte nuove informazioni, grazie alla ricerca di Terme negli archivi della Prefecture Maritime. Qui egli trovò una registrazione completa di tutti i radiogrammi inviati durante i venti minuti in cui l'*Egypt* affondava. Vale la pena di riportare *in toto* alcuni dei più significativi.

1.	Dalla stazione della Pointe du Raz al Prèfet Maritime, Brest. Abbiamo localizzato piroscafo in pericolo riferimento 277° alle ore 19,01.
2.	Ripreso dalla stazione di Mengam (sulla costa nord del Goulet). S.O.S. S.O.S. S.O.S. Posizione 48°10' nord, 5°30'ovest. Egypt.
3.	Stazione di Ouessant al servizio radiotelegrafico, Brest. S.O.S. da Egypt riferimento 217° alle ore 19,08.
4.	Stazione di Ouessant al Prèfet Maritime, Brest. Ricevuto da Egypt (MMG) S.O.S. posizione 48°10' nord, 5°30' ovest.
5.	Stazione di Ouessant al Prèfet Maritime, Brest. Dalle 19,12, ora in cui l'Egypt ha data la sua posizione, non si hanno più avuti segnali da questa nave. Il piroscafo Cahiracon, che era a nove miglia dall'Egypt quando avvenne il sinistro, corse sul luogo e ci segnalò alle ore 20,50: "Siamo qui in posizione indicata MMG non possiamo trovarne segno né udire la sua sirena né la sua radio".
6.	Stazione di Ouessant al Prèfet Maritime, Brest. Alle ore 23,02 Cahiracon ci ha segnalato: "alle 22,30 non siamo riusciti a trovare traccia di MMG. Ora continuiamo il viaggio". Alle ore 21,50 il piroscafo Choriaum ci ha segnalato: "Non abbiamo trovato null'altro che battelli da pesca. Continuiamo a far rotta su Bordeaux".[290]

L'equipaggio dell'*Artiglio* riuscì a estrapolare da questi radiogrammi una serie di utilissime conclusioni.

I radiogrammi uno e tre dicono molto su dove potrebbe trovarsi il relitto, grazie al riferimento radiotelegrafico da essi dato. Essi sono presi da una stazione costiera e non dall'*Egypt*. In questo modo, dato che questi punti non provenivano da qualcuno a bordo del transatlantico, essi non potevano esser soggetti ad errori dovuti al terrore e alla confusione.

Inoltre il radiogramma numero due da esattamente quello che è il punto del Capitano, confermato anche nel messaggio quattro.

Insieme, il Quaglia, il Gianni, Terme e il capitano Bertolotto decisero di arare solamente la metà meridionale del parallelogramma, ossia tra le boe 1, 2, 2° e 4.[291] In previsione di ciò venne ordinata al cantiere la messa a punto di una draga sospesa, ma ci voleva tempo per prepararla.

290 Ivi, cit. pp. 180-181.
291 Ivi, cit. pp. 181-182.

Capitolo VII

QUANDO SI E' DISPOSTI A TUTTO

In questo capitolo continua la ricerca dell'*Egypt* da parte dei palombari viareggini. Questa volta anche utilizzando mezzi non troppo convenzionali, come vedremo presto.

7.1. *Dopo la tempesta, si torna al largo*

I lavori di dragaggio ripresero nelle prime ore del 17 giugno. Essendo più lento, per primo uscì il *Rostro*, alle due del mattino, seguito poi, due ore più tardi dall'*Artiglio*. Ci volevano sei ore e mezza ad arrivare al punto di Hedbäck, a 70 e più chilometri di distanza.

Il vantaggio dato al *Rostro* serviva anche per avvisare in caso di mare mosso, così da non fare muovere inutilmente l'*Artiglio* dal porto.

L'*Artiglio* raggiunse l'altra nave quando il sole era già sorto. Ad un certo punto esso si trovò ad avanzare in una strana e densa nebbia giallastra. Si scoprì che non era nebbia, bensì fumo: una smisurata cortina, così puzzolente di piume bruciate da mozzare il respiro. Il suo spessore superava il chilometro.[292]

Al di là di essa, come se niente fosse, tornava immediatamente a splendere il sole. I fumi provenivano dall'isola di Molène, dove le alghe venivano bruciate per estrarne lo iodio. Probabilmente l'unica fonte di profitto per gli abitanti di quell'isoletta.

Arrivati in prossimità del punto di Hedbäck, prima di spingersi ancora più a sud, il Gianni volle provare un nuovo sistema con la speranza di trovare qualche cosa di più di semplici scogli nel punto segnato dallo svedese capitano del *Fritjof*.

Il nuovo sistema consisteva nell'attaccare il cavo metallico alle ancore delle navi, invece che alla poppa. Ciò perché le ancore potevano essere tirate su e giù senza sforzare i tamburi e si poteva facilmente variare la loro profondità di immersione. In seguito le navi si allontanarono facendo tendere il cavo. Mentre il *Rostro* era ancorato alla boa, l'*Artiglio* gli girava intorno, usandolo a mo' di perno su un raggio di circa settecentoventi metri[293]. Ancora, però, nessun risultato.

Si riprovò un'altra volta, abbassando l'ancora di quindici metri. Dopo poco più di un minuto si udì la sirena del *Rostro*: il cavo si era impigliato in qualcosa. Il Gianni cominciò a salparlo lentamente. Arrivati quasi a metà della distanza che separava le due navi, il cavo smise di fare resistenza e si allentò. Ancora una volta doveva trattarsi di una roccia, sul cavo non c'erano segni di ruggine o pittura.

Si andò avanti così per tutta la giornata, fino a quando la corrente tornò ad essere talmente forte che fu giudicato pericoloso continuare, dato che essa avrebbe potuto spezzare il cavo. Il lavoro per quel giorno finì.

Il mattino seguente cominciò il dragaggio dell'area a ovest del punto segnato dal capitano svedese, sul lato meridionale del parallelogramma. Le navi avanzavano parallele, distanti tra loro quasi novecento metri, lasciando in acqua quasi un chilometro e mezzo di cavo, appesantito questa volta con delle catene[294].

Sulla carta il fondale avrebbe dovuto essere in quel tratto regolare e sabbioso, ma non era così. Il cavo resistette e tornò lasco due volte nel giro di pochi minuti. In entrambi i casi l'ostacolo

---

292 S. Micheli, L'Artiglio ha confessato, cit. p. 151.
293 D. Scott, Con i palombari dell'Artiglio, cit. p. 187.
294 Ivi, cit. p. 188.

era uno scoglio. Il tutto, salpare e ricalare il cavo, portava via tante energie e tanto tempo.

Anche il fatto che il cavo si ruppe parecchie volte dimostrò che anche lì il fondale era roccioso; gli scogli non erano alti come nel punto di Hedbäck ma ce n'erano, e parecchi.

Alle sei e mezza il cavo si spezzò di nuovo e Gianni decise che per quel giorno era abbastanza e ordinò la fine dei lavori.

Quello che gli equipaggi delle due navi non avevano però tenuto in considerazione erano, ancora una volta, e sarà un errore destinato a ripetersi, le forti correnti. Da nessuna parte si riusciva a scorgere la boa numero 1. La prima cosa a cui si pensò fu che la catena con la quale era ancorata al fondale si fosse spezzata con la tempesta e la boa fosse andata alla deriva. Nulla di più probabile.

Non trovando la boa, si fece rotta sul punto di Hedbäck per passare lì la notte. Ma non si trovava più neanche la boa numero due adesso. Ci si fece mandare allora dei punti radio da Ouessant e dalla Pointe du Raz. Riportati sulla carta, essi dimostravano, nonostante l'incredulità di Bertolotto, che le navi si trovavano circa quindici chilometri troppo a sud rispetto a dove dovevano trovarsi.

Anche il capitano Carli, più fiducioso nella tecnologia, era giunto a quella conclusione, e aveva cominciato a dirigersi verso nord. L'*Artiglio* lo seguì. Dopo un'ora di navigazione alla sinistra dello scafo, il capitano Bertolotto scorse una grossa boa bianca e rossa con un numero due disegnato sopra. I mezzi tecnologici avevano ragione quindi.

Era successo che la corrente aveva da subito portato le navi fuori rotta, quindici chilometri a sud, e quindi esse avevano dragato fuori dal parallelogramma[295].

Il semplice cavo era risultato ancora una volta inutile su un fondale roccioso. L'unica cosa da fare per il momento era spostarsi e provare in un altro tratto di mare.

Gianni decise così di dragare una striscia di fondo a nord e a sud del punto di Hedbäck. Le boe 1, 3 e 4 vennero risistemate su di una fila che correva da nord a sud passando per il punto dello svedese, a distanza di un chilometro e mezzo dal punto di Hedbäck, a nord e a sud; l'ultima restava a un chilometro e mezzo dalla boa a sud.

Si cominciò a dragare verso nord, cominciando dalla boa a sud. All'inizio andò tutto bene ma, avvicinandosi al punto di Hedbäck, le rocce resero impossibile il dragaggio. Ci si spostò quindi alla boa più a nord, dragando verso il sud. Stesso risultato. Dragare con il semplice cavo era impossibile, e questa volta venne messo al corrente anche il Quaglia.

Durante le operazioni di imbarco del cavo, esso fece resistenza. Questa volta rimase impigliato e le navi si trovarono così vicine che ere possibile, per gli equipaggi, chiacchierare tra loro[296].

La convinzione di aver incocciato un rottame, prendeva campo nell'animo di ognuno. Non si sarebbero altrimenti spiegata la causa di una simile resistenza, e la vibrazione, dovuta all'attrito di un corpo non rigido, seppure leggera, che saliva dal fondo, appoggiando una mano sul cavo.[297]

Gianni si preparò velocemente per l'immersione. Era un'immersione rischiosa: il cavo avrebbe potuto spezzarsi mentre il palombaro era sott'acqua e le navi ormai alla deriva lo avrebbero trascinato, senza possibilità di aiutarlo.

La torretta fu calata, ma non toccò mai il fondo. La corrente era troppo forte e il Gianni rimase appeso a una ventina di metri sotto la superficie dell'acqua.

---

295 Ivi, cit. pp. 190-191.
296 Ivi, cit. p. 193.
297 S. Micheli, L'Artiglio ha confessato, cit. p. 162.

Venne quindi tirato su, mentre il capitano Carli mise in acqua una piccola boa segnaletica. Venne calato, su ordine del Gianni anche il canotto a motore. Su di esso il capo palombaro dragò per un'ora con un pesante grappio, senza però incappare in niente. Fu quindi fatta esplodere una mina, che però non portò a galla niente se non un grosso grongo[298], che sarebbe stata la cena di quella sera.

Dopo tre ore e mezza il cavo sai spezzò e fu salpato. Portava segni di rottura da sfregamento e, cosa più importante, segni di vernice bianca e di ruggine rossa. Sicuramente era un rottame. Ma era l'*Egypt*?

7.2. La disperazione crea strani compagni di letto

Era quindi quello dell'*Egypt* il rottame in cui si era impigliato il cavo di *Artiglio* e *Rostro*?

Bisogna fare un passo indietro, e una precisazione, prima di rispondere a questa domanda.

Come tutti i transatlantici della *Peninsular & Oriental Steam Navigation Company*, anche l'*Egypt* aveva lo scafo nero, mentre le ciminiere, le sovrastrutture, gli alberi e le scialuppe di un color cuoio-ocra sporco. Si credeva che questo colore evitasse il riverbero sotto il sole dei tropici[299]. Quindi, come poteva lasciare tracce di bianco?

Era quasi ovvio che non si trattava del transatlantico inglese; probabilmente era il relitto di un'altra imbarcazione. In quella zona erano infatti affondati diversi piroscafi, vapori e altri tipi di navi.

C'era un però. L'*Egypt*, durante la guerra, era stato trasformato in nave ospedale, quindi tinto di bianco. Ma, una volta tornato a servire la rotta Londra-Bombay, era stata nuovamente dipinta con i colori della *P&O*. Possibile che i pittori avessero lasciato uno strato bianco al di sotto della nuova mano di vernice? Poteva essere quello che il cavo aveva portato alla luce?[300]

La domanda è destinata a non aver risposta, dato che il giorno seguente non fu possibile riprendere le ricerche a causa del maltempo. Quando, giorni dopo, le due navi della Sorima tornarono sul posto, la boa era sparita.

L'Egypt fu trovato, quindici mesi dopo, in un punto praticamente identico a quello del nostro rottame, e credo fermamente che, quel giorno, avessimo già dato con esso.[301]

La desolazione era tanta. Si era finalmente incappati in un relitto, che però non era stato possibile osservare con la torretta, e quando si era tornati non si era più trovato.

Tornati a Brest, gli uomini delle due navi ebbero una sorpresa. I metodi stavano per cambiare, in una direzione più che discutibile, quasi "magica". In quei giorni si assistettero a due tentativi che definire ridicoli è riduttivo.

Si sapeva che Giovanni Quaglia era un tipo incline alla superstizione, ma non si pensava fino a questo punto.

Girava voce che un frate cappuccino, tal Padre Innocenzo da Piovera[302], di professione rabdomante, potesse rintracciare l'*Egypt* dalla superficie, grazie, appunto ai suoi poteri. La sola idea fa sorridere. Ma non fece sorridere il Quaglia che, anzi, richiese i suoi servigi.

Il cappuccino fu quindi portato, in tutto segreto, a bordo dell'*Artiglio*. Aveva dimenticato i suoi bastoni magici in Italia, ma risolse la situazione con dei semplici rami verdi di sessanta centimetri circa.

---

298 Pesce di forma allungata, simile ad un'anguilla.
299 D. Scott, Con i palombari dell'Artiglio, cit. p. 195.
300 Ibidem.
301 Ivi, cit. p. 196.
302 Comune in provincia di Alessandria.

Una volta a bordo, l'equipaggio insistette per una dimostrazione dei poteri di padre Innocenzo. Il suo metodo era dei più semplici.

Non faceva altro che stringere ciascun capo in una mano con la palma rivolta in alto, poi avvicinava le mani finché la verga si piegasse a U di fronte a lui. Quando risentiva una influenza la curva inferiore di quella U si rivolgeva in alto, come se cercasse di girare con un moto di rotazione diretto nel senso del rabdomante.[303]

Padre Innocenzo, quasi un Charlie Chaplin in saio[304], era più o meno discretamente preso in giro dagli uomini dell'equipaggio, che lo sguinzagliavano in giro per la nave alla ricerca una volta di rame, che il frate trovò sopra la dinamo di riserva, che effettivamente ne era piena. Fu suggerito di trovare dell'oro; molti a bordo avevano qualcosa in oro, chi una catenina, chi delle monete. Il frate su sfidato a trovarlo, quindi. Fu in questo momento che lo scetticismo di molti cominciò a vacillare.

Quando giunse presso a Gianni la verga si agitò violentemente. Gianni tolse le mani di tasca: nel mignolo sinistro portava il suo enorme anello. Un'altra persona – Cuniberti – causò una decisa agitazione nel ramoscello: aveva in tasca due monete d'oro.[305]

L'esperimento fu riprovato, e sempre il frate riusciva a trovare l'anello nascosto.

La ricerca vera e propria cominciò nel pomeriggio. Il frate, assieme a mezza dozzina di uomini scese sul battello e cominciò a trafficare con i suoi bastoni. Dopo un'ora padre Innocenzo affermò che un rottame giaceva rivolto da nord-est a sud-ovest, a mezzo miglio da dove si trovano l'*Artiglio* e il *Rostro*. Gianni, senza fare ulteriori domande fece calare una boa. Per quel giorno le operazioni terminarono, il mare era troppo mosso per immergersi.

Al mattino seguente il Gianni, senza farlo capire a padre Innocenzo, aveva cambiato la posizione delle due navi. Ora il *Rostro* era sempre di prua rispetto all'*Artiglio*, ma le navi erano girate nella direzione opposta rispetto al giorno prima.

Il Gianni quindi fece di nuovo calare il frate nel battello e fu ripetuto l'esperimento. Stesso risultato: il relitto ancora una volta era a mezzo miglio, disposto in direzione nordest-sudovest. Cosa impossibile, data la nuova posizione delle navi. Quello fu l'ultimo giorno di lavoro, se così si può definire, di padre Innocenzo da Piovera per la Sorima.

Di lui restò a bordo l'ammirazione che aveva suscitato per il coraggio, la sua forza d'animo e il suo buon umore. Ma comunque, niente *Egypt*, e niente oro.

Le sorprese per gli uomini di *Artiglio* e *Rostro* non erano però finite.

L'esperimento con il frate rabdomante causò una valanga di lettere di sedicenti ricercatori di relitti, che usavano mezzi simili al padre piemontese.

Il più impressionante è il già citato signor Poireau che dopo l'esperienza con l'*Elizabethville* voleva nuovamente proporre i suoi servigi al Quaglia. In assenza del commendatore, fu Terme ad accettare la sua proposta. L'aspetto innovativo della tattica di Poireau era che non c'era bisogno di essere in mare: il francese aveva infatti messo a punto delle macchine che avrebbero permesso di rintracciare l'*Egypt* dalla terraferma.

Poireau, accompagnato dal suo socio e da Alain Terme, si diresse una mattina ad una località a sud del Goulet; da lì il "ricercatore" sarebbe stato condotto in tre differenti punti per fare le sue prove: prima a capo de la Chèvre, penisola nella baia di Douarnenez[306]; il secondo punto

303 D. Scott, Con i palombari dell'Artiglio, cit. pp. 197-200.
304 Ivi, cit. p. 201.
305 Ivi, cit. p. 203.
306 Cittadina della Bretagna, ricca di leggenda. Si narra infatti che "nacque dalle acque dalla città di Ys, città del re Gradlon, inghiottita nella baia con uno stratagemma di Dahut", in http://www.bretagna-vacanze.com/alla-scoperta-delle-destinazioni/

era ad ovest di Camaret, affacciato sul Mer d'Iroise. Il terzo si trovava a Le Conquet, non distante da Camaret.

Il metodo di Poireau prevedeva che per trovare qualsiasi cosa, egli dovesse solamente avere in mano un poco di acqua salata[307].

I suoi strumenti erano una scatola contenente dei piccoli tubi di vetro (per acqua di mare e che so altro) e un'altra scatola piena di cartine su cui era scritto: oro, argento, rame, ferro, e simili. C'era un sacco pieno di forche di legno a forma di V, simile ad enormi attaccapanni [...]. Vi era una piccola bussola di bronzo – di quelle da dieci franchi – in un astuccio, e tre piccole scatole di legno [...]. In una di queste scatole v'era un buco al centro, mentre tutte le altre avevano una lunga punta di metallo piantata nella base.[308]

Arrivati al primo punto, Poireau mise la scatola bucata a terra e ci infilò dentro un di quelle con la punta metallica. Connesse inoltre insieme varie estremità dei fili induttori.

Dopo tutto ciò, prese una delle forche, di legno di nocciolo, e, girato verso il mare, alzò la punta verso il cielo e rimase perfettamente rigido. Si spostò solamente di fianco, per poi fermarsi di nuovo. Dopo aver percorso un semi circolò qualcosa cambiò: la forca si torceva tra le mani del francese, che piantò così un piccolo piolo nel punto indicato dal legno. Ricominciò, e sempre nello stesso punto, sentì nuovamente la forcella agitarsi. Piantò così un altro piolo, questa volta presso allo strumento, che si trovava alle sue spalle.

Il problema, notato da Terme che intanto reprimeva a stento una gran voglia di ridere, era che il Poireau non poteva vedere la carta. Dopo aver riportato i punti su di essa, il socio di Quaglia si accorse che la linea che ne risultava correva a sud, diretta al centro della Spagna. Poireau non poteva saperlo, e confermò il primo rilievo ottenuto.

Essendogli impossibile di vedere la sponda opposta della baia, si immaginava di stare rivolto a ovest, come era logico a chi stesse guardando il mare da una lunga penisola. In realtà guardava verso il sud.[309]

Quando la nebbia si alzò, era quello il motivo per cui non si riusciva a vedere la sponda opposta, Poireau si accorse del madornale errore e cercò di porvi rimedio. Sentiva l'influenza di due influenze separate, si necessitava quindi un'altra prova. Questa volta la rilevazione fu perfetta: una linea che correva verso ovest che, in goni caso, passava diversi chilometri più a sud del punto in cui presumibilmente si trovava il relitto dell'*Egypt*.

Dopo il pranzo si fece un'altra rilevazione, presso il secondo punto. Questa volta la linea ottenuta correva parallela alla prima, senza che mai la intersecasse. Duro colpo per Poireau. Nonostante il tentativo di spiegare questo risultato con influenze terze, il terzo punto, quello da Le Conquet, non venne mai segnato.

Con l'esperimento di Poireau si chiuse la parentesi magica nelle ricerche dell'*Egypt*.

7.3. *Ritorno alla normalità*

Dopo i tentativi di padre Innocenzo e del signor Poireau le ricerche entrarono in una fase di stallo. Dopo il relitto rintracciato giorni prima, non c'erano state ulteriori segnalazioni. L'infruttuosità del dragaggio, assieme alle soste dovute al cattivo tempo, stavano cominciando a minare l'animo degli equipaggi di *Artiglio* e *Rostro*.

quimper-cornouaille/i-posti-da-non-perdere/douarnenez, 2016.
307 D. Scott, Con i palombari dell'Artiglio, cit. pp. 208-209.
308 Ivi, cit. pp. 209-210.
309 Ivi, cit. pp. 210-211.

Il 26 giugno si decise di fare un nuovo tentativo nel punto in cui era possibile che ci fosse un relitto, quello in cui si era incagliato il cavo in precedenza e dove padre Innocenzo aveva fatto le sue prove.

Il mare era piatto, inaspettatamente e con grande felicità dei palombari. Finalmente si poteva fare un'immersione, e vedere di trovare quel relitto leggendario.

L'*Artiglio* era ormeggiato tranquillamente, su un mare che pareva uno specchio. Il *Rostro* rollava seguendo il moto del mare. Si ritenne che fosse abbastanza sicuro calarsi nonostante la mancanza di ormeggi fissi, come una boa; per quell'esplorazione venne scelto Aristide Franceschi. Franceschi venne calato alla una e mezza del pomeriggio, con bassa marea. Ci mise solo 75 secondi a toccare il fondo[310], preludio al record mondiale di profondità, discesa e permanenza sul fondo che il palombaro frantumò quel giorno.

Il fondo si trovava a cento-trentuno metri, con un pressione esterna uguale a quella del vapore nella caldaia di una locomotiva. Il Franceschi, nella torretta, non ne risentì affatto; per lui era come respirare in superficie.

Rimase immerso a quella profondità per un'ora e tre quarti. La permanenza poteva essere ancora più lunga, tre, o addirittura sei ore; purtroppo non aveva portato con se abbastanza scorta di ossigeno per disintegrare questo record di permanenza sott'acqua[311]. Inoltre ciò non fu reso possibile dalla solita corrente, che lo costrinse a tornare in superficie.

Una volta a bordo, Franceschi riferì quello che aveva visto:

Non aveva visto rottame alcuno. Il fondo era di sabbia dura, con su sparsi lastroni di roccia, piatti. Queste rocce erano stratificate orizzontalmente, e tutte inclinate nella stessa direzione, di modo che da un lato presentavano un dolce pendio, mentre dall'altro cadevano a picco. In vari punti la parte a picco era rientrante e formava sporgenze tali che era possibile al nostro cavo rimanervi solidamente impigliato e₃ darci l'impressione di aver fatto presa in un rottame.[312]

Niente rottami, solo le solite rocce. Talvolta erano lastroni alti anche quattro metri e mezzo circa; erano neri e ricoperti di vegetazione: ogni tanto erano fili di alghe incolori, lunghi una trentina di centimetri, altre volte si trattava di un piccolo organismo, bruno-rosato, con rami folti e delicati, aggrappato alle rocce. Quel giorno fu anche scoperto che a quella profondità, a oltre centotrenta metri, si possono trovare forme di vita vegetale[313].

L'immersione del Franceschi era stata utile anche per altri motivi, in ogni caso. Aveva dimostrato che la torretta poteva arrivare senza problemi a profondità di oltre centoventi metri; inoltre, si era avuta la certezza che si poteva lavorare a quelle profondità per lungo tempo. Cosa altrettanto importante, ma che sarà più utile successivamente, il Franceschi aveva dimostrato che, una volta trovatolo, si poteva lavorare sul relitto senza luce artificiale, con il bel tempo.

Fu anche la conferma definitiva della necessità di eliminare il semplice cavo d'acciaio.

In questi giorni di mare incredibilmente calmo, salì alla ribalta un nuovo formidabile nemico dei palombari: la nebbia.

7.4. *Angoscianti notti di luglio*

Un nuovo ostacolo quindi. Gli equipaggio delle navi della Sorima attendevano la nebbia con apprensione, e il solo pronunciare questa parola era segnale di allarme.

---

310 S. Micheli, *L'Artiglio ha confessato*, cit. p. 167.
311 D. Scott, *Con i palombari dell'Artiglio*, cit. pp. 215-216.
312 Ivi, cit. p. 217.
313 Ivi, cit. pp. 217-218.

Nella notte del primo luglio, il sesto giorno consecutivo di permanenza al largo, si udì il corno da nebbia dell'*Artiglio*. Dopo qualche istante ci su un secondo richiamo, poi un terzo. La nebbia aveva letteralmente inghiottito la nave.

Erano i segnali che l'*Artiglio* mandava per segnalare la sua presenza, e in riposta ottenne il segnale del *Rostro*. Un terzo richiamo ci fu, profondo ma minaccioso: era quello di un transatlantico in viaggio sull'abituale rotta.

Ancora una volta il lacerante ruggito corse nella notte, e ci rinviò la sua eco dallo scafo del *Rostro*, a cento yarde dal nostro fianco. Il fischio del *Rostro* ci rispose, ma non ci era possibile vedere i suoi fanali [...]. E, di nuovo, la voce profonda dell'invisibile gigante in rotta – terremoto dell'atmosfera, piuttosto che suono – rispose.[314]

I pensieri di tutti quella notte non erano per l'oro dell'*Egypt*, quanto per il suo naufragio. Infatti era in condizioni simili che il *Seine* aveva sfondato lo scafo del transatlantico inglese. Nessuno dormì molto quella notte.

Il mattino seguente la nebbia era più spessa che mai; una coltre giallo-biancastra che avvolgeva le due navi. Sempre si udivano i corni delle altre navi di passaggio, prima lontani, poi sempre più vicini. Gli uomini a bordo trattenevano il respiro, finché il suono non si allontanava da loro. Nebbia spessa voleva dire impossibilità di tornare in porto. Nel pomeriggio cominciava a scarseggiare l'acqua potabile, e Bertolotto decise, dato che la nebbia sembrava diradarsi, di fare rotta su Brest.

Al calar della sera le due navi si trovavano nei pressi delle Pierres Noires, dove era possibile udire l'imponente muggito del corno da nebbia del faro di Molène. La notte gli uomini dell'*Artiglio* la passarono ormeggiati lì, nel centro di quella nebbia maleodorante proveniente dall'isola di Molène. Il *Rostro* invece era ancorato di fronte a Camaret.

Verso l'una del mattino la nebbia improvvisamente si alzò, e il *Rostro* ne approfittò per dirigersi su Brest, dove arrivo un'ora più tardi. Il capitano Bertolotto invece giudicò la manovra troppo rischiosa, e rimase un'altra notte al largo.

La nebbia tornò di prepotenza il mattino seguente. I pensieri dell'equipaggio ancora una volta andarono, molto probabilmente, al naufragio dell'*Egypt*.

Un piroscafo, il *Maria Schiaffino*, giunse, quasi strisciando, tra noi e le Pierre Noires, alla nostra sinistra, sospirando come un'anima dannata; Gianni, dal ponte, gli rispondeva regolarmente con nostro segnale.

D'un tratto, di tra un meno denso banco di nebbia, lo potemmo scorgere alla distanza di circa cento yarde, con la prua diritta su di noi. Gianni afferrò il filo di ferro del corno, e gli diede uno strappo possente. Il manico gli rimase in mano...[315]

Gianni, nel fervore del momento, afferrò la corda della sirena che serviva per segnalazioni speciali. La sirena lanciò degli ululati difficilmente ignorabili dall'altra nave.

Funzionò. Il *Maria Schiaffino* girò di sedici punti a sinistra e scomparve da dove era venuto. La tragedia era stata sfiorata per un pelo, eppure il Gianni aveva l'aria di uno *scolaretto che abbia fatto un bello scherzo*. A differenza del capitano del *Maria Schiaffino* che, incrociato più tardi al Cafè Continental, non pareva essersi divertito più di tanto[316].

Un mese era trascorso dall'inizio dei lavori, e ancora niente era stato trovato. Il futuro non pareva più tanto roseo a bordo dell'*Artiglio*.

---

314 Ivi, cit. pp. 220-221.
315 Ivi, cit. p. 223.
316 Ivi, cit. p. 224.

▲ Palombari scherzano a bordo dell'Artiglio

Capitolo VIII
ALLA RICERCA DELLA SERENITA'

8.1. Delusioni

Era passato un mese dall'inizio del dragaggio dei fondali alla ricerca del relitto dell'*Egypt*. Il tempo effettivo di lavoro era stato pochissimo a causa del maltempo costante che colpì la Bretagna nel corso dell'estate del 1929.

Generalmente ci era possibile lavorare solamente per due o tre giorni di seguito; poi eravamo costretti per vari giorni in porto. In un mese non avevamo avuto che dieci giorni di lavoro continuo e utile, ed era evidente che non potevamo contare, in quei paraggi, su di una media molto più alta. Una giornata di lavoro era, al massimo, per i palombari, di quattro ore [...]. Tutta l'intera stagione, per i palombari, si riduceva a centoventi ore di immersione.[317]

Pochissimo per un equipaggio che stava cercando di trovare un relitto in mare aperto, senza punti di riferimento tangibili su dove questo si era inabissato.

Non c'è da sorprendersi se a bordo gli animi non erano dei più allegri. Ci fu chi addirittura rinunciò al lavoro e tornò in Italia, o si fermò in Francia, alla ricerca di un impiego migliore. A influire su queste scelte, oltre all'ovvia disillusione che stava crescendo sul risultato di questa all'apparenza inutile caccia, erano i metodi che si erano arrivati ad usare per trovare il relitto, quali le apparecchiature del signor Poireau.

Anche tra chi era rimasto a bordo il buonumore scarseggiava.

Riferisce David Scott:

 ho sentito a bordo una buona quantità di mugugno e nei pomeriggi il castello di prua era sinistramente silenzioso. Ora, più nessuno prendeva in mano la chitarra, al finire di una giornata di lavoro.[318]

Bisognava cambiare metodo di lavoro e, soprattutto, cambiare aria per un po'. Giovanni Quaglia, sempre attento a quello che accadeva bordo delle sue navi, decise che era necessario interrompere temporaneamente le ricerche del relitto dell'*Egypt*, per evitare che l'umore a bordo peggiorasse ulteriormente, e si sarebbero studiati nuovi e migliori metodi di dragaggio: era infatti risultato più che chiaro che il dragaggio con il semplice cavo di acciaio da solo non era abbastanza.

Le navi non sarebbero però rimaste inattive, ma avrebbero occupato il loro tempo in qualche impresa capace di dare risultati effettivi con il vantaggio, non solo di ridurre le spese della stagione, ma di infondere nuova fiducia nei palombari e negli equipaggi.[319]

Alberto Gianni, al contrario, non ne voleva sapere di abbandonare le ricerche sull'*Egypt*, neanche temporaneamente. Secondo il capo palombaro, una volta allestita la nuova draga[320], sarebbe stato molto più facile e veloce rintracciare il relitto[321]. Ma Quaglia non ne volle sapere.

Fu deciso che il *Rostro* avrebbe fatto rifornimento di carbone e provviste per poi partire il giorno seguente alla volta di Belle-Île, per riprendere il lavoro sull'*Elizabethville*; l'*Artiglio* inve-

---

317 D. Scott, Con i palombari dell'Artiglio, cit. p. 225.
318 Ivi, cit. p. 226.
319 Ibidem.
320 Una draga sospesa che non toccava il fondo, ma fluttuava ad un profondità minore, con maggiore probabilità di incappare in ostacoli artificiali, quale appunto un relitto, piuttosto che in uno scoglio, o in qualche altro ostacolo naturale.
321 S. Micheli, L'Artiglio ha confessato, cit. pp. 180-181.

ce sarebbe rimasto a Brest per compiere delle prove con un apparecchio elettrico, un detettore[322], che avrebbe potuto essere di grande aiuto nelle ricerche del relitto.

Nell'attesa che l'apparecchio arrivasse dall'Inghilterra, da dove era stato ordinato, la nave della Sorima si sarebbe dedicata al lavoro su un altro rottame, quello del piroscafo inglese *Drummond Castle*, naufragato sulle rocce di Pierres Vertes, tra Ouessant e l'isola di Molène, nel 1896.

Il *Drummond Castle* era una nave passeggeri, costruita nel 1881 nei cantieri John Elder &Co., a Glasgow. Misurava 111.3 metri di lunghezza, e pesava 3706 tonnellate.

Era di proprietà della Union Castle Mail Steamship Co. Ltd.[323]

Il giorno 16 giugno del 1896, a bordo del piroscafo si trovavano, oltre alle 103 persone dell'equipaggio, anche 141 passeggeri.

La nave correva a tutta velocità, sbatté nelle rocce che le sfondarono un fianco, e poi andò alla deriva per circa mezzo miglio nel canale di Fromveur[324], dove affondò in una profondità di trenta braccia (centottanta piedi, cinquantaquattro metri circa). Non si salvarono che due o tre persone, tra quelle che componevano l'equipaggio e i passeggeri.[325]

Per vari giorni i pescatori del luogo continuarono a ripescare i corpi di uomini e donne vestite di tutto punto. Addirittura sull'isola di Molène c'è un cimitero in cui riposano alcuni di loro[326].

Quella del *Drummond Castle* era un'occasione ghiotta per il Quaglia, arrivava al momento giusto. Era pur sempre un buon affare.

Il piroscafo era affondato in acque riparate, il che permetteva di lavorarci anche in caso di maltempo; inoltre, cosa ancora più importante, era affondata in presenza di segni di riferimento a terra facilmente annotabili, quindi il ritrovamento non sarebbe dovuto essere difficoltoso.

I palombari si sarebbero calati con la torretta, essendo la profondità troppo elevata per gli scafandri di gomma. Era comunque un gioco da ragazzi per loro, avendo anche a disposizione una luce abbondate con la quale lavorare.

Alla base di questo lavoro c'era anche la convinzione che il *Drummond Castle* contenesse, un po' come l'*Egypt*, verghe di metalli preziosi. Inoltre, cosa fondamentale in vista del ritorno al lavoro sul transatlantico inglese, l'*Artiglio* avrebbe avuto a disposizione un punto determinato dove effettuare una prova finale del funzionamento del detector.[327]

L'*Artiglio* lasciò così Brest il giorno 14 luglio, facendo rotta verso le Pierres Vertes. A bordo questa volta c'era anche il commendator Quaglia accompagnato da chiunque dicesse di aver conoscenze in merito al *Drummond Castle*, come espressamente richiesto dal capo della Sorima. La nave era piuttosto affollata, quindi.

Erano a bordo anche due piloti di Molène, che si ricordavano dove era affondato il piroscafo. Uno era un tal monsieur Albaret, locale impresario di recuperi, anch'egli a conoscenza del punto dell'affondamento; l'altro ospite era monsieur Nicolas, comandante in seconda del rimorchiatore *Iroise*.[328]

Arrivato al porto di Molène, l'*Artiglio* imbarcò un pescatore bretone, a conoscenza di punti di riferimento esatti del luogo dell'affondamento, che l'avrebbe guidato al relitto. Effettivamente

---

322 Adattamento dell'inglese detector.
323 http://www.wrecksite.eu/wreck.aspx?84949, 2014.
324 Nelle vicinanze di Ouessant.
325 D. Scott, Con i palombari dell'Artiglio, cit. p. 227.
326 Ibidem.
327 Ivi, cit. pp. 227-228.
328 Ivi, cit. pp. 228-229.

▲ Un soddisfatto commendatore Giovanni Quaglia coi primi lingotti trovati sull'Egypt

esso fu rintracciato nel giro di dieci minuti.[329]

Alberto Gianni attraccò l'*Artiglio* a due boe e Bargellini entrò subito nella torretta, pronto per esplorare il fondale. Nonostante l'acqua chiara, il palombaro non scorse subito il rottame del *Drummond Castle*, tanto che a bordo, forse a causa del pessimismo montante dovuto all'irreperibilità dell'*Egypt*, si cominciò a temere che il pescatore si fosse ingannato e che si rendessero presto necessarie nuove ricerche, come era già successo per l'*Elizabethville* in passato.

Si stava già pensando di far riemergere il Bargellini e cominciare a dragare il fondale con il grappio quando il palombaro gridò di aver scorto il relitto.

Era stata una fugace visione a causa della forte corrente generata dalla marea che lo aveva trasportato subito lontano.[330]

A conferma del ritrovamento venne anche l'avvistamento di un braccio di gru, di quelli usati per calare le scialuppe, e di un boccaporto, nel pozzo di coperta.

A causa della corrente non fu possibile lavorare ulteriormente sul relitto per quella giornata.

Furono sciolti gli ormeggi dalle boe, e l'*Artiglio* si diresse nuovamente verso Brest.

Il mattino seguente erano tutti di nuovo all'opera sul relitto. Questa volta fu il turno di Fran-

---

329 S. Micheli, L'Artiglio ha confessato, cit. p. 181.
330 Ibidem.

ceschi di scendere sul fondo. Scese due volte, a mezzogiorno e alle due, la visibilità era ancora migliore del giorno precedente, si poteva arrivare a vedere fino a venti iarde[331].

Si posò sul ponte del Drummond Castle a mezza via tra l'albero di trinchetto e il ponte di comando. Lo scafo era sepolto fino alla linea di galleggiamento nella sabbia, il che minacciava di rendere inutile qualsiasi tentativo per ritrovare le preziose verghe.[332]

Franceschi, una volta risalito in superficie, raccontò che la nave era sì in buone condizioni, ma, purtroppo, non c'era niente da fare per quello che riguardava il carico.

[...] la nave era pressoché intatta. Pareva si fosse spezzata a poppa della sala delle macchine e, oltre a quel punto, non vi erano altro, sulla sabbia, che rottami di ferro. L'albero di trinchetto si drizzava vicino a Franceschi, spezzato all'altezza di dodici piedi (tre metri, sessanta centimetri). La nave era profondamente corrosa dalla ruggine, e quello che era rimasto del legname di coperta era coperto di chiazze di fungo-vescica e alghe.[333]

Inoltre le chiazze di funghi che ricoprivano la nave ne rendevano perfetta la mimetizzazione con il fondale, e diventava così impossibile scorgerla dall'altro. Questo è il motivo per cui il Bargellini il giorno precedente non l'aveva vista.

Quello che contava al momento è che i palombari erano di nuovo all'opera, dopo la lunga inattività del periodo precedente. Il Franceschi ordinò di farsi calare oltre la murata; a bordo Giulio, Costante, Vailante e Lorenzo avevano ripreso a lavorare e ritmo serrato e soprattutto con gusto per quello che facevano. L'umore stava tornando positivo, si tornava a sorridere.

Sul finire del primo giorno il Franceschi terminò la sua ispezione e i risultati non erano dei più confortanti.

Lo scafo era aperto orizzontalmente, e la parte superiore era scivolata da un lato; da quell'apertura il palombaro poteva guardare nella stiva e vedere le costole dell'interno. Le divisioni delle cabine erano intatte, ma ogni oggetto li presente era stato distrutto o spazzato via. La ciminiera e le sovrastrutture erano scomparse.

La seconda immersione del Franceschi lo portò a rinvenire la parte superiore dell'albero di trinchetto, adagiato nella sabbia. Dopo aver fatto assicurare il gancio attorno ad esso, l'*Artiglio* cominciò a tirare. L'albero era però ancora saldamente attaccato ai cordami d'acciaio e non si poteva tirarlo su. Si riuscì a staccare solo la coffa[334], e l'equipaggio si dovette accontentare di quel misero trofeo.

Due giorni dopo il Franceschi si immerse di nuovo e questa volta si imbatté in un forziere che giaceva nella sabbia. A prima vista sembrava una cassaforte, quando in realtà si rivelò essere un semplice serbatoio per l'acqua, che si distrusse non appena venne afferrato con le pinze della gru[335]. La sete di trofei del Franceschi non si era ancora spenta.

Dopo di aver meditato alquanto sulle vecchie macchine, al centro della nave, e di aver notato che le ancora era irremovibilmente attaccate al castello di prua, Franceschi si accontentò di circa metà di un casotto di ferro che si ergeva sul ponte, e che fu facilmente sollevato dal grappio. Un finestrino di bronzo, con il suo vetro a posto e i suoi cardini ancora in grado di funzionare bellamente, era inchiavardato alle piastre di ferro.

Franceschi lo staccò, e lo tenne come trofeo.[336]

---

331 Circa 18 metri.
332 D. Scott, Con i palombari dell'Artiglio, cit. p. 230.
333 Ibidem.
334 Piattaforma solidale al colombiere degli alberi nei velieri a vele quadre.
335 D. Scott, Con i palombari dell'Artiglio, cit. pp. 232-233.
336 Ivi, cit. p.233.

▲ Relitto del *Drummond Castle*

Il relitto del *Drummond Castle* era troppo in cattivo stato, troppo sepolto nella sabbia per ten recupero. Il lavoro su di esso era finito, ma il suo effetto fu comunque positivo sugli animi dell'equipaggio, che ne uscì rinfrancato, dopo le tante delusioni subite.

8.2. *Nuove apparecchiature, nuove speranze*

Mentre l'*Artiglio* stava lavorando sul relitto del *Drummond Castle* l'apparecchio elettronico, il detector che avrebbe facilitato le ricerche dell'*Egypt*, era in viaggio dall'Inghilterra.

Il commendator Quaglia, grazie alla sua conoscenza con i fratelli Sandberg, era entrato in contatto con il perito inglese E. E. Brooks, professore di elettromagnetica al collegio tecnico di Leicester. Costui era l'inventore dell'apparecchio in questione.

Invitato a bordo dell'*Artiglio*, con disappunto del Gianni, Brooks arrivò a Brest accompagnato dal capitano Damant, noto tecnico di arte palombaristica.

Brooks era entrato in contatto con Damant quando si era aggregato all'Ammiragliato, dove aveva potuto provare il suo strumento alla ricerca di sottomarini sommersi. Il capitano Damant era allora addetto alla caccia dei sottomarini, ed era stato successivamente incaricato del recupero del *Laurentic*, transatlantico britannico appartenente alla "*White Star Line*", affondato il 25 gennaio del 1917 da due mine tedesche.

Invitato a bordo dell'*Artiglio*, Brooks accettò di buon grado, mentre Damant declinò l'offerta di guidare le operazioni. Infatti egli, dopo aver visto i palombari della Sorima all'opera rifiutò ogni offerta, asserendo che il Gianni gli pareva la persona più adatta, che mai avesse conosciuto, a fare ciò che invece si chiedeva a lui.[337]

Tornando a Brooks, egli non aveva potuto portare con sé sull'*Artiglio* l'apparecchio modello, con tutti gli ultimi perfezionamenti, dato che questo apparteneva all'Ammiragliato inglese. Per sopperire a ciò aveva riprodotto le parti essenziali dell'attrezzatura con strumenti di sua proprietà, che agivano allo stesso modo.

Una grande fama di uomo coraggioso precedeva il nostro perito, dato il pericolosissimo lavoro svolto durante la guerra.

Vediamo ora il funzionamento dell'apparecchio del professore di Leicester, riportando la descrizione che ne da Scott.

Un rottame sommerso ha in sé gli elementi di una batteria elettrica: esattamente come succede quando si immergono lastre di zinco e di rame in un bagno d'acqua acidulata, che generano una corrente elettrica, i differenti metalli che si trovano in un rottame, sommersi assieme nell'acqua marina, danno origine ad una corrente elettrica locale. Questa corrente è debolissima, pure esiste, e forma come una specie di rete attorno al rottame, emanando dai vari punti di questo. Uno strumento che sia abbastanza sensibile, messo in contatto con la corrente, ne noterà la presenza denunciando quindi il rottame.[338]

C'era un problema sensibile in tutto questo, cioè che bisognava avere a disposizione conduttori con una resistenza talmente bassa da essere in grado di trasportare le debolissime correnti sottomarine fino agli strumenti indicatori, senza che queste siano disperse.

Ciò era garantito da un galvanometro, sensibilissimo, in grado di reagire alle correnti più deboli. Esso, molto simile ai piccoli strumenti di elettricisti e meccanici, ma mille volte più delicato, era collegato a due elettrodi che avevano il compito di prendere la corrente elettrica

---

337 S. Micheli, L'Artiglio ha confessato, cit. p. 186.
338 D. Scott, Con i palombari dell'Artiglio, cit. p. 236.

dal rottame e trasmetterla allo strumento. Anche questi elettrodi dovevano presentare la minima resistenza possibile.

Ovviamente, per evitare interferenze, gli elettrodi erano disposti fuori dal campo della nave in superficie mediante un lungo cavo isolato, e venivano così trascinati in mare dalla poppa della nave.

Anche nel cavo erano presenti due conduttori separati, ciascuno dei quali congiungeva ogni elettrodo al galvanometro: uno al capo estremo del cavo; l'altro circa 45 metri prima di questo[339].

La ricerca di un rottame avveniva filando il cavo in mare finché

L'elettrodo più vicino alla nave si trovasse in acqua a cento iarde[340] da quella. Era condizione essenziale che la nave fosse lanciata a tutto vapore, prima, per evitare il pericolo che il cavo si impigliasse nell'elica e, poi, per mantenere i due elettrodi in linea retta e vicino alla superficie dell'acqua. Se gli elettrodi avessero seguita una rotta curva avrebbero provocata una corrente tra di loro stessi, e il galvanometro avrebbe fatto delle segnalazioni errate.[341]

In presenza di un rottame, ad un certo punto il primo elettrodo entrava nel suo campo magnetico, mentre il secondo era ancora 45 metri indietro. Così, in questo istante, si veniva a creare una corrente elettrica tra i due elettrodi: il primo elettrodo era il polo positivo, il secondo quello negativo.

Questo fenomeno causava l'inclinazione dell'ago del galvanometro verso un lato, mentre di solito stava in una posizione verticale.

Ovviamente con il procedere della nave, il primo elettrodo si allontanava dal rottame, mentre il secondo vi si avvicinava. Quando il rottame si trovava esattamente a metà strada tra i due elettrodi, la stessa intensità di corrente magnetica li influenzava, causando il blocco del flusso di corrente verso il galvanometro e il conseguente ritorno allo zero dell'ago.

All'avvicinarsi del secondo elettrodo, veniva suscitata di nuovo, tra i due poli, una corrente elettromagnetica, questa volta in senso opposto: il secondo elettrodo diventava il polo positivo, il primo, più lontano dal rottame, il polo negativo. Di conseguenza l'ago del galvanometro si inclinerà di nuovo, questa volta dalla parte opposta rispetto al primo ingresso di corrente elettromagnetica[342].

La segnalazione, dunque, della presenza di un rottame, era un doppio movimento d'inclinazione dell'ago del galvanometro, prima verso un lato, e poi verso l'altro. Il grado di questa inclinazione dava la distanza degli elettrodi dal rottame oppure l'intensità del suo campo elettromagnetico.[343]

Cosa assolutamente da evitare era che la nave che compiva le ricerche influisse sulla corrente elettromagnetica che colpiva il galvanometro; in questo caso l'ago rimaneva inclinato da un solo lato. Per scongiurare questa interferenza veniva utilizzata una batteria secca, che forniva costantemente una corrente che aveva l'effetto di annullare le influenze parassitarie.

Questo è in breve il funzionamento del *detector* di Brooks. Vediamolo ora all'opera sull'*Artiglio*. L'idea dell'equipaggio era quella di fare rotta direttamente per il canale di Fromveur, dove si sarebbe provato l'apparecchio sul relitto del *Drummond Castle*. Sarebbe stata una dura prova:

---

339 Ivi, cit. p. 237.
340 Circa 91 metri.
341 D. Scott, Con i palombari dell'Artiglio, cit. pp. 237-238.
342 Ivi, cit. pp. 238-239.
343 Ibidem.

il relitto era molto vecchio, era affondato da più di trent'anni, e di conseguenza il suo campo elettromagnetico era molto molto debole.

Altro problema era l'impossibilità di mantenere una rotta precisamente dritta, data la difficoltà di eseguire manovre in quel canale.

Gli elettrodi, prima di essere utilizzati in mare aperto, avrebbero dovuto essere caricati; ciò avveniva semplicemente immergendoli in acqua di mare per qualche ora, mentre tra di loro veniva fatta passare la corrente generata da un accumulatore. Il lato negativo di questo passaggio era che rendeva fragili le componenti degli elettrodi, che avrebbero dovuto quindi essere maneggiati con estrema cura.

Il professore di Leicester aveva portato con se due elettrodi autoprodotti, che sarebbero stati caricati filandoli in mare e facendoci passare una corrente generata dal miglior accumulatore del radiotelegrafista[344].

Dopo aver caricato gli elettrodi, si era pronti a farli funzionare. Il rischio maggiore, secondo Brooks, era quello di non riuscire a mantenere una rotta sempre diritta o sempre la stessa velocità. Tutto ciò avrebbe causato l'affondamento e il trascinamento degli elettrodi; in quel canale l'acqua non era molto profonda, e questa era un'eventualità molto, troppo, presente. Inoltre sia il capitano Bertolotto che Alberto Gianni non erano molto inclini a seguire le istruzioni di Brooks.

Per esempio accadde che al largo delle Pierres Noires un battello da pesca ci attraversò la rotta di prua, e Bertolotto dapprima fermò le macchine, poi fece marcia indietro, senza nemmeno sognarsi di avvertire Brooks! Carlo fece appena in tempo a salpare gli elettrodi, salvandoli dall'elica dell'Artiglio.[345]

Sarebbe stato un lavoro stressante, per tutti.

Fu così che si giunse al canale, nei pressi del relitto del *Drummond Castle*. I preparativi erano terminati: il galvanometro, i reostati[346] e la pila a secco per il rifornimento di corrente di contrasto erano fissati sul fianco destro della nave.

L'*Artiglio* cominciò a muoversi e, una volta sorpassata la boa che segnalava il relitto del *Drummond Castle* tutti quelli che avevano trovato modo di accomodarsi in qualche posto da cui fosse possibile vedere il quadrante, tenevano gli occhi fissi sul suo ago.[347]

Con grande sgomento dei presenti l'ago non accennava a muoversi dallo zero. Questo perché non si avrebbe avuta nessuna segnalazione finché l'*Artiglio* non si fosse trovato a qualche distanza dal rottame sommerso, come abbiamo visto in precedenza. Ma questo l'equipaggio dell'*Artiglio* non lo sapeva. E così Bertolotto andò incontro ad un'altra possibile sciagura.

Come la boa rimaneva di poppa, l'ago cominciò a tremare, e si inclinò, con un colpetto, a destra. Brooks si pose il fischio alla bocca. Ma Bertolotto, credendo che il primo percorso fosse terminato, fece un segno ad Amedeo, che teneva la ruota del timone, e questi cominciò a virare di bordo. Invano Damant lo scongiurò di continuare diritto nella sua rotta. Bertolotto scosse il capo e continuò nel suo errore.[348]

Non si sa come, ma gli elettrodi riuscirono a non rimanere impigliati nella catena della boa. Il prossimo inevitabile passo era quello di convincere Bertolotto e Gianni a seguire le direttive di Brooks. Cosa che fu ottenuta solo dopo tanto tempo e grandi fatiche.

344 Ivi, cit. p. 241.
345 Ivi, cit. p. 242.
346 Elemento di circuito, utilizzato per regolare l'intensità della corrente.
347 D. Scott, Con i palombari dell'Artiglio, cit. p. 243.
348 Ibidem.

Dopo questo immane sforzo, l'equipaggio fu pronto per un secondo esperimento. Questa volta le disposizioni di Brooks furono rispettate, e l'*Artiglio* avanzò dritto; il galvanometro poté così effettuare una segnalazione esatta. L'ago passò dall'inclinazione a destra del quadrante fino ad arrivare all'estrema sinistra.

Al momento del terzo tentativo qualcosa nell'apparecchiatura di bordo si ruppe: il reostato principale faceva in modo che l'ago si muovesse irregolarmente. Si scoprì in seguito che questo era dovuto ad un corto circuito. Bisognava rifare tutto l'avvolgimento del reostato o, se si volevano ottenere rilevamenti più affidabili, farsene mandare uno nuovo direttamente da Londra. Ma ciò, ovviamente, voleva dire aspettare a lungo.

Mentre ci si adoperava per riparare l'avvolgimento nell'arsenale di Brest, si risolse anche l'altro problema: l'avvolgimento professionale, e non auto costruito, arrivò da Londra nel giro di breve.

Si pose però un'altra complicazione; Brooks era convinto che, per ottenere risultati migliori, non erano sufficienti un paio di elettrodi e che ne servivano dunque alcuni di ricambio. Dove si poteva farli fare?

Terme suggerì di utilizzare il cantiere navale, oppure di rivolgersi ad un elettricista qualsiasi. La cosa non andava però a genio a Brooks, che per nulla al mondo avrebbe confidato il segreto dei suoi elettrodi a chicchessia. Dopo molte discussioni, il problema si rivelò meno insormontabile del previsto. Semplicemente il professore inglese voleva che un elettricista lo aiutasse a saldare le connessioni e preparare i materiali, nulla di più[349].

Dopo molte proposte, l'aiuto arrivò a Brooks dallo stesso giornalista di bordo, David Scott.

Dopo ore di lavoro, i due uscirono dal loro laboratorio (una stanzetta sul retro di un albergo) con un paio di nuovi elettrodi, e con questi si presentarono dal Quaglia.

Il giorno seguente il lavoro continuò e Brooks e Scott completarono altri due elettrodi, da tenere pronti in caso di guasto degli altri.

8.3. Di nuovo a Le Palais! La fine della prima stagione di ricerche.

Sembrava andare tutto per il meglio, quando una notizia inaspettata sconvolse tutti. Il *Rostro*, rimasto a Belle-Île per continuare il lavoro sull'*Elizabethville*, non era stato più in grado di trovare il relitto e chiedeva quindi l'aiuto di Gianni e compagni.

Quaglia non perse tempo; inviò subito l'*Artiglio* a Belle-Île ordinando di ricercare il relitto *finché non l'avessero ritrovato, qualsiasi fosse stato il tempo*[350].

La ricerca richiese diversi giorni, si lavorò anche in giorni di mare burrascoso, o in giornate di nebbia; tutto per ritrovare quel relitto già a lungo ricercato. Quando finalmente l'*Elizabethville* fu trovato, il commendatore decise di andare sul posto per assicurarsi che il lavoro procedesse con la massima buona volontà.

Con il commendatore, a Le Palais si diresse anche Brooks, il cui apparecchio funzionava ora a pieno regime, ed egli era ansioso di provarlo sul relitto del piroscafo belga.

Inizialmente l'apparecchio fu provato navigando lungo il *Rostro*. Essendo questa una nave piccola e ridipinta da poco, la segnalazione che l'apparecchio diede fu indecisa, cosa che, assieme all'aver atteso fino all'ora della bassa marea, rendeva apprensivo Brooks. Anche Quaglia sarebbe stato presente all'esperimento. Un nuovo tentativo fu fatto.

---

349 Ivi, cit. p. 246.
350 Ivi, cit. p. 248.

Ci allontanammo alquanto, dirigendoci verso il nord, poi facemmo un giro e puntammo la prua sul Rostro correndo paralleli alla costa [...].

Al primo tentativo passammo troppo lontani dal Rostro e l'ago non indicò nulla.

Al secondo tentativo tutto andò bene, e stavamo già ottenendo la segnalazione, quando disgraziatamente Quaglia guardò la carta e vide che quella segnava uno scoglio, diritto sulla nostra rotta.

Avremmo potuto evitarlo facilmente, perché distava duecento iarde (centottanta metri circa) e ad ogni modo lasciava acqua sufficiente per l'Artiglio, ma la sua presenza bastò perché Quaglia gridasse a Gianni di virare di bordo.[351]

Nonostante gli avvertimenti e le proteste del Gianni, il commendatore continuò nella sua intenzione di far virare l'*Artiglio*, ordinando ai macchinisti di cambiare rotta e fare marcia indietro. Questa volta fu inutile il tentativo di Carlo di salpare gli elettrodi; ancora prima che ci provasse, questi avevano toccato il fondo e il metallo si era staccato dagli induttori.

Ma a questo servivano gli elettrodi di scorta fabbricati da Scott e Brooks. Ovvio, non erano all'altezza di quelli arrivati da Londra, ma con quelli si riuscirono a fare buone segnalazioni sul relitto dell'*Elizabethville*, mentre le navi erano al lavoro intorno ad esso.

Nonostante questa discreta riuscita, Brooks era convinto che in condizioni simili, con un'apparecchiatura di capacità limitata, andare oltre sarebbe stato inutile. Fu così che pose termine alle sue prove.

L'*Artiglio* rimase a Le Palais per un'altra settimana, dopodiché tornò a Brest, questa volta con un trofeo degno di nota: l'elica di bronzo dell'*Elizabethville* e un paio di tonnellate dell'avorio contenuto al suo interno[352].

A Brest gli abitatori dell'*Artiglio* ebbero una nuova sorpresa; ad attenderli trovarono nientemeno che il capitano Hedbäck, che era stato tra i primi ad indicare il punto dove secondo lui si era inabissato l'*Egypt*.

Bisogna ora fare un piccolo passo indietro. Il commendatore Quaglia era ormai dell'idea che servisse un vero e proprio colpo di scena, per cercare di cambiare le sorti della ricerca del relitto dell'*Egypt*. Era arrivato quasi a non fidarsi più nemmeno del lavoro preciso e paziente del Gianni. Il Quaglia voleva tutto, e lo voleva subito.

Dunque, dopo i tentativi fatti con il cappuccino padre Innocenzo e con il capitano Damant, il proprietario della Sorima aveva messo gli occhi su uno dei personaggi chiave delle ricerche del transatlantico inglese fino a quel momento, ossia l'ex capitano della nave da ricerca *Fritjof* Hedbäck[353]. Questo svedese freddo e barbuto[354] dubitava della possibilità per i palombari di lavorare sul relitto, sempre che l'avessero trovato.

Anch'egli però rifiutò il ruolo di direttore delle operazioni, com'era invece nelle idee di Quaglia, per le stesse motivazioni addotte in precedenza dal capitano Damant. Hedbäck però offrì il suo aiuto per quanto riguarda le tecniche di navigazione, correggendo, assieme a Carli, la navigazione dell'*Artiglio*. Secondo i piani di Quaglia la presenza del capitano svedese sarebbe stata temporanea. Infatti gli occorreva uno che fosse andato diritto al capo dell'aggrovigliata matassa: dopo di che non avrebbe esitato ad affidarsi al Gianni.[355]

---

351 Ivi, cit. pp. 250-251.

352 Ivi, cit. p. 252.

353 S. Micheli, L'Artiglio ha confessato, cit. pp. 186-187.

354 D. Scott, Con i palombari dell'Artiglio, cit. p. 252.

355 S. Micheli, L'Artiglio ha confessato, cit. p. 187.

L'idea però, una volta riferitagli, fece rimanere molto male il Gianni; nonostante ciò, riferì con tranquillità la situazione ai compagni di bordo, che, a dire la verità, non si mostrarono molto meno seccati del loro capo[356].

Non ci fu tempo per le rimostranze, perché arrivò da Belle-Île la comunicazione che il *Rostro* non riusciva a rintracciare il relitto dell'*Elizabethville*, come visto all'inizio di questo paragrafo. Contemporaneamente alle notizie poco positive che giungevano da Belle-Île, ne arrivavano di migliori dal cantiere navale di Brest. La draga sospesa era quasi ultimata, presto sarebbero potute ricominciare le ricerche dell'*Egypt* con questo nuovo accorgimento.

L'equipaggio dovette aspettare di essere di ritorno da Le Palais per testare questo nuovo metodo di ricerca.

La nuova draga consisteva di un cavo d'acciaio che rimaneva sospeso, per mezzo di galleggianti, ad una certa distanza dal fondo[357]. Si lavorò con essa per un paio di giorni, gli unici di bel tempo che si riuscirono a sfruttare appieno, dopodiché però il tamburo d'avvolgimento delle draga cedette e le navi dovettero abbandonare le loro posizioni e furono costrette a tornare in porto. Il bilancio però era stato positivo, come scriveva il Gianni alla moglie Maria

Mi fa piacere comunicarti che il nuovo sistema di dragaggio va alla perfezione e quindi c'è speranza di incocciarlo da un momento all'altro, il famigerato Egitto.[358]

Ma assieme alle speranze di trovare finalmente il transatlantico inglese, cresceva anche la volontà di tornare a casa, di rivedere le proprie famiglie, magari dei figli non ancora conosciuti. Qua, come d'estate sono lunghe le giornate, d'inverno divengono cortissime. Il commendatore s'è messo in testa di rintracciare subito l'Egitto. Si fa presto a dirlo: ma io non ci spero punto, per quest'anno [...]. Basta, basta coi temporali e coi discorsi da bottega! Veniamo a noi. Dunque non so ancora dirti che cosa faremo e dove andremo, né quando verrò a vederti...[359]

La stagione era troppo avanzata, ormai, per continuare a lavorare alla ricerca dell'*Egypt*; ormai erano molte di più le giornate di brutto tempo, in cui l'*Artiglio* era costretto a rimanere in porto, piuttosto che quelle di lavoro.

La decisione del commendator Quaglia fu quella di sospendere le ricerche per quell'anno e dedicare il resto della stagione al recupero dell'avorio dell'*Elizabethville*, assieme al lavoro sul relitto del *Primo*, piroscafo affondato al largo di Capo Patos, davanti alle coste spagnole, con un carico di rame e zinco[360].

Quella stagione di lavoro aveva insegnato molto però ai palombari dell'*Artiglio* e a tutto l'equipaggio. Tutte le conoscenze ottenute si riveleranno molto utili in futuro.

Innanzitutto, come ormai è chiaro, la parte più difficile del lavoro era il ritrovamento del rottame. Dopo averlo individuato, era facile per i palombari immergersi e lavorarsi intorno, anche per parecchie ore, se il tempo lo permetteva; cosa che non sempre era possibile. Infatti l'equipaggio dell'*Artiglio* quella stagione imparò che, al largo di Brest non si poteva far conto su più di dieci giornate di lavoro, di quattro ore ciascuna, per ciascun mese.[361]

I nemici più formidabili dei palombari erano, *in primis*, la corrente: gli ormeggi delle navi

---

356 Ivi, cit. pp. 187-188.
357 D. Scott, Con i palombari dell'Artiglio, cit. p. 252.
358 S. Micheli, L'Artiglio ha confessato, cit. p. 191.
359 Ivi, cit. p. 192.
360 Ibidem.
361 D. Scott, Con i palombari dell'Artiglio, cit. p. 253.

dovevano essere disposti in modo da poter essere rapidamente sciolti in caso di improvviso cambiamento del tempo.

L'altro grande nemico era la nebbia, sempre presente e spessa, che, in quella zona soprattutto, essendo una rotta molto trafficata, poteva costituire un pericolo letale.

Inoltre era risultato palese che la semplice draga era resa assolutamente inutile dalla natura rocciosa del fondale. Ma ciò venne risolto con l'adozione della draga sospesa. Ma bisognerà aspettare il nuovo anno per vederla nuovamente all'opera.

8.4. Un eroico recupero

Il lavoro sul relitto del *Primo* finì in dicembre; furono recuperate dalla sua stiva 450 tonnellate di rame e oltre 200 di zinco. Finalmente i palombari poterono rientrare in Italia, dalle proprie famiglie che non vedevano dal maggio precedente[362].

Da quel momento Gianni e compagni passarono il tempo nei cantieri navali, a immaginare e progettare nuove e sempre migliori attrezzature per il lavoro subacqueo.

Ma c'erano anche momenti di svago e allegria.

Un giorno il Gianni, con i fedeli compagni di sempre, Aristide Franceschi e Alberto Bargellini, si trovava al cantiere di Antonio Dinelli, cognato del Bargellini[363], indaffarato nella costruzione di un teatrino di legno per i suoi figli. In particolare il figlio Angelo aveva la vocazione per l'arte drammatica, e il padre voleva soddisfare questa sua passione.

Tutto era partito per scherzo ma, assieme ai consigli e all'aiuto dei due amici di lavoro, l'idea aveva sempre più preso forma.

Riporto direttamente un dialogo tra i costruttori.

"O Gianni, perché non ci facciamo anche la botola per l'apparizione del diavolo?" Il Gianni, eccitato acconsentiva. "Perché non ci facciamo la ribalta delle luci? Con una pila e tante lampadine..." Il Gianni, eccitato, acconsentiva.[364]

Fu in quel luogo che quel 22 Gennaio 1930, alle quattro del pomeriggio, furono raggiunti da un fattorino con un telegramma per il capo palombaro dell'*Artiglio*. Nuova impresa all'orizzonte? Il telegramma recitava:

Parta Genova con palombari per recupero salma Dal Molin Desenzano stop urgente.[365]

Era firmato commendator Giovanni Quaglia. Una nuova impresa quindi, ma nuova in ogni senso; si trattava di recuperare il corpo di un uomo, non di lavorare su un relitto pieno di oro o avorio.

Ma chi era Tomaso dal Molin?

Nella schiera degli uomini illustri, dei quali la valle del Chiampo s'onora, Tommaso Dal Molin occupa un posto tutto suo, che lo distingue e lo caratterizza in modo singolare. Il suo nome durerà nel tempo non per meriti letterari, poetici o artistici; la gloria di Dal Molin è la gloria di un giovane semplice e modesto, che visse gran parte della sua vita nella paziente attesa di realizzare un sogno per lungo tempo vagheggiato.[366]

---

362 S. Micheli, L'Artiglio ha confessato, cit. p. 193.
363 Ibidem.
364 Ibidem.
365 Ivi, cit. p. 194.
366 http://www.quartierelafilanda.it/il-quartiere/la-storia/31-tommaso-dal-molin.html?jjj=1478099756435, 2007.

Una figura per certi versi romantica quella di Dal Molin. Nacque a Molino di Altissimo, in provincia di Vicenza, il 13 gennaio 1902. Divenne soldato di leva nel 1922; in seguito sarà assegnato al ITT Raggruppamento Aeroplani da caccia e conseguì il brevetto di pilota otto mesi dopo. Da subito dimostrò qualità eccezionali, diventando Maresciallo.

Tomaso Dal Molin fu invitato a Zurigo nel 1928 ad una gara di acrobazie ad alta quota, dove si confrontò con i migliori aviatori del mondo. Il 7 settembre 1929 a Calshot, in Inghilterra, Dal Molin, con il suo aereo *Macchi 52* si classificò secondo in una gara a livello internazionale[367].

Il 18 gennaio 1930, Dal Molin era in volo con il bimotore *Savoia-Marchetti S. 65* per un test ad alta velocità, quando, forse a causa di un guasto, precipitò nel lago di Garda; tutti i tentativi di salvarlo furono vani.

L'aereo era affondato alla profondità di 100 metri e tutte le ricerche avevano dato esito negativo. Quattro giorni dopo allora il governo fascista decise di rivolgersi agli ormai celebri palombari viareggini[368].

Gianni, Franceschi e Bargellini, a cui si erano uniti Mario Raffaelli e Carlo Domenici, arrivarono a Genova e da qui partirono in camion verso Desenzano del Garda, dove era avvenuto l'incidente. Il punto esatto dove probabilmente si era inabissato Dal Molin si trovava, secondo le indicazioni di un pescatore che aveva assistito alla scena, tra Sirmione e la Punta di Manerba. A disposizione dei palombari, le autorità avevano messo un vecchio battello lacustre, il *Mincio*, precedentemente cannoniera della Marina Italiana[369]. In quattro e quattr'otto i palombari viareggini lo attrezzarono come nave recuperi; il Gianni era addirittura riuscito, mediante l'utilizzo di cavi e verricelli, a installare una sorta di albero per l'immersione[370].

Dopo aver ormeggiato il *Mincio* alle boe sopra il presunto luogo dell'inabissamento dell'aereo, Franceschi si fece calare. Toccò il fondo a 96 metri, dopo una discesa come in *un bicchier d'acqua verde-bruno*. Fuori pioveva e il palombaro non riusciva a vedere a due metri davanti a sé.

Dopo altri tentativi, tutti vani nonostante la sicurezza del pescatore sulle sue rilevazioni, si decise che per quel giorno non c'era nient'altro da fare. Franceschi venne fatto riemergere, e per quel giorno le operazioni terminarono.

Il giorno dopo non pioveva, ma nuvole minacciose si ammassavano all'orizzonte. Durante la prima immersione del Franceschi si registrarono subito problemi: qualcosa non andava bene all'interno dello scafandro.

Era avvenuto che, allentatasi la fascia di gomma sulla giuntura della gamba destra, l'acqua aveva preso a invadere lo scafandro. Raggiunta la scatola della soda caustica, questa si era messa a bollire e a scottare il ventre del Franceschi come a un San Lorenzo.[371]

Nessuna sorpresa quindi se, assieme al vapore, quando si aprì il coperchio dello scafandro ne uscirono anche imprecazioni e tanti sacramenti.

Sistemato il guasto, fu lo stesso Franceschi a volere scendere nuovamente sul fondo.

Arrivato a 96 metri di profondità, il palombaro annunciò di scorgere qualcosa: era la carcassa dell'aereo di Dal Molin, che giaceva immerso nel fango del fondale. Il motore del velivolo era rientrato, a causa dell'impatto, dentro la sua fusoliera.

Iniziarono quindi le operazioni per fissare il cavo all'aereo per riportarlo in superficie. Ci volle

---

367 Ibidem.
368 S. Micheli, L'Artiglio ha confessato, cit. p. 194 (nota 1).
369 http://navemincio.blogspot.it/2010_12_01_archive.html, 2010.
370 S. Micheli, L'Artiglio ha confessato, cit. pp. 194-195.
371 Ivi, cit. p. 196.

mezz'ora perché il Franceschi adattasse e fissasse il cappio attorno all'elica dell'*S. 65*. Dopo di ché si cominciò a riavvolgere il cavo, che dapprima prese a guizzare, poi si tese; il *Mincio* in superficie cominciò a ondeggiare sotto i movimenti del cavo di recupero, con molte lamentele di qualche autorità presente a bordo.

Il fango non voleva saperne di abbandonare la morsa sul velivolo, quasi se ne fosse affezionato. Serviva più forza per permettere al cavo di fare il suo lavoro; il Gianni si rivolse alla folla presente e ordinò a tutti di attaccarsi al cavo e cominciare a tirare. Erano presenti molti colleghi di Tomaso Dal Molin, piloti dell'Alta-Velocità, tra cui il tenente Vannini, il capitano Marocco e il maresciallo Colombo. Erano presenti anche numerosi gerarchi fascisti.

Nonostante tutti gli sforzi, il bigo continuava a scricchiolare e si dovette aggiungere un cavo supplementare, assieme ad un motore più potente per azionare l'argano.

Finalmente si riuscì a estrarre il bimotore dal fango. Ma, come constatò il colonnello Bernasconi, altra autorità presente sul *Mincio*, non c'era traccia della salma di Dal Molin.

Si poté, in base alle condizioni dell'abitacolo, ricostruire gli ultimi momenti di vita dell'aviatore vicentino. La cintura che assicurava l'aviatore era sfibbiata; il parabrezza aperto; il poggiacapo presentava una netta ammaccatura. Non doveva aver sofferto. Doveva essersi stanato dalla carlinga mentre l'apparecchio cadeva capovolto negli abissi.[372]

L'ansia dei ricercatori adesso stava nella concreta possibilità che il corpo fosse stato trasportato chissà dove dalle correnti del lago e che sarebbe stato difficilissimo, se non impossibile rintracciarlo.

Per quel giorno le ricerche terminarono, ancora una volta a causa del maltempo. Però il bilancio della giornata fu molto positivo, l'aereo era stato ritrovato.

Il lavoro riprese il 29 gennaio, con l'immersione di Alberto Bargellini. Nei giorni precedenti, anche il *Mincio* era stato ristrutturato nuovamente: era sparito il bompresso[373], si era liberata l'asta dei segnali nautici, era stato innestato un robusto albero a poppa. Inoltre lo scafandro era stato sostituito dalla torretta di osservazione.

Il Bargellini si immerse per la prima volta alle due del pomeriggio, nel punto in cui era stato trovato l'*S. 65*.

Per un paio d'ore, sospeso in un raggio abbastanza ampio, il palombaro non poté scorgere niente, se non fango e nera vegetazione. Quel giorno c'era un sottile strato di nebbia che, coprendo il sole, rendeva migliore la visibilità sott'acqua.

Il Bargellini riemerse e alle quattro di quel pomeriggio venne sostituito dal Gianni, che si fece calare sul fondo. Anche lui non ebbe miglior fortuna e brancolò a lungo nel fango, senza il minimo segno di qualcosa di diverso. Fango, fango, e ancora fango!

L'unica cosa che fece sobbalzare il capo palombaro dell'*Artiglio* fu quello che credeva fosse il palmo di una mano; in realtà si trattava di una foglia di palma.

Anche per quel giorno le ricerche si conclusero, senza eventi significativi.

8.5. *Pressioni dall'alto*

La sera del 29 gennaio il commendatore Quaglia, appena giunto da Roma, convocò i palombari nella stanza dell'albergo dove alloggiava.

---

372 Ivi, cit. p. 198.
373 Estremo albero di prua dei velieri, sporgente fuori di essa e inclinato sul mare di circa 20°; serve a portare il più avanti possibile i lati inferiori delle vele di prua di taglio (fiocchi).

Forse allarmato dall'aria sfiduciata e stufa di Alberto Gianni, decise di far loro un bel discorsetto, in cui l'imprenditore, per fare ancora più impressione sugli uditori, andò a toccare i temi tipici di quel periodo storico; venne tirato in ballo spesso il duce e, assieme ad esso, l'onore della patria. Era ovvio che quell'impresa era molto sentita da Giovanni Quaglia, uomo di alto profilo nell'universo fascista (nonostante la sua scarsa fede politica, va detto), che non avrebbe potuto lasciarsi sfuggire l'opportunità di dare il proprio contributo per recuperare un servitore della patria.

L'impresa che si stava portando avanti in quei giorni sul lago di Garda era sulle prime pagine di tutti i giornali. La pressione era tanta, veramente tanta.

Ricordatevi che l'Italia ha gli occhi su di voi: il duce attende il miracolo.

Così si rivolgevano ai palombari viareggini i molti gerarchi fascisti presenti alle operazioni di recupero[374]. Ovviamente il Gianni, forse per stemperare la pressione e la tensione che si veniva a creare, non perdeva l'occasione di fare il verso ai gerarchi, ricordando ai suoi compagni, con tono di beffa: Ricordatevi, ragazzi, che l'Italia... Mi spiego?[375]

Era un atteggiamento tipico del Gianni, rendere agli altri il lavoro il meno stressante possibile. Ovviamente questo comportamento non andava giù al Quaglia, che non poche volte lo riprese.

Il 30, all'alba, il *Mincio* salpò da Desenzano; alle otto erano terminate le operazioni di ormeggio alle boe e il Franceschi si preparava per l'immersione.

Questa volta, quasi come ulteriore controllo per una perfetta riuscita dell'impresa, a seguire il battello con i palombari c'erano due motoscafi: uno con a bordo il colonnello Bernasconi accompagnato da due sacerdoti (brutto segno quando si lavora in acqua!); sull'altro stavano il tenente Vannini, con i sottoufficiali Colombo, Caffarà, Beretta Buffoni e Cavalli. Una bella scorta, quindi.

Il Franceschi, dopo i dovuti scongiuri alla vista dei sacerdoti, entrò nella torretta e si fece calare. Le ricerche andarono avanti per due ore, durante le quali il palombaro venne spostato tra le sei boe di segnalazione.

Alle 10 e 25 arrivò la notizia che tutti attendevano: il Franceschi aveva visto il corpo dell'aviatore Tomaso Dal Molin. L'esperto palombaro, abituato ai colpi delle mine e dei rumori della benna sul metallo, era rimasto senza parole alla vista di un corpo umano.

Aristide Franceschi chiese di farsi tirare su; il grappio era inutile, bisognava recuperarlo con lo scafandro.

8.6. Il grido di una madre

Dopo essersi ripreso un attimo, il Franceschi entrò subito nello scafandro. Si fece calare in acqua e scomparì sotto la superficie accompagnato dai brividi degli osservatori.

Il Franceschi rintracciò nuovamente il corpo in breve tempo, ma poco dopo chiese di risalire. Il Gianni chiese spiegazioni, ma Franceschi voleva solo essere tirato su.

Era successo che il cadavere dell'aviatore era sparito, molto probabilmente a causa della corrente, e la cosa aveva spaventato l'esperto palombaro.

Per evitare inconvenienti, si decise di aggiungere qualche gancio alle pinze alla fine delle braccia dello scafandro.

---

374 S. Micheli, L'Artiglio ha confessato, cit. p. 200.
375 Ivi, cit. p. 201.

Franceschi si fece sostituire dal Bargellini, che si fece nuovamente calare. Passò qualche minuto prima che il corpo venisse rintracciato nuovamente. Non era facile lavorare a quella profondità sapendo di dover recuperare un uomo. Anche il Bargellini ebbe dei momenti di affanno, in cui perse di vista la salma. Ma subito si riprese e strinse le braccia dell'aviatore tra le pinze dello scafandro. Nonostante l'angoscia che gli causava tutto ciò, il palombaro non mollò più la presa e ordinò di farsi tirare su.

Un'atmosfera surreale si respirava a bordo del *Mincio*. Tutti gli occhi erano rivolti al Gianni quando questo parlava, per poi spostarsi a fissare il cavo che spariva nelle profondità del lago. Nessun voce si udiva. Era come se tutti stessero riportando Tomaso Dal Molin in superficie.

Sott'acqua il Bargellini era in estrema tensione. La solitudine gioca brutti scherzi alla mente del palombaro.

Il Bargellini non voleva pensarci. Sapeva che dipendeva da ciò il brusio di voci come di rosario pregato alla porta di un convento, e tuttavia si voltava in giro con un senso d'inconcepibile terrore. Aveva cioè la sensazione che anche il morto, che teneva sul petto, unisse la sua a quelle voci. Per non ascoltare doveva non guardarlo.[376]

Sul battello il Gianni contava i metri che separavano lo scafandro dalla superficie; i sacerdoti pregavano in ginocchio. Gli uomini presenti si scoprirono il capo, nell'attesa dei primi movimenti sotto il pelo dell'acqua. Altre barche si erano avvicinate per assistere alla scena.

A un certo punto il Gianni smise di contare: qualcosa aveva cominciato ad apparire dalle profondità.

In quel momento apparve la testo dello scafandro, e subito la faccia e le mani di Dal Molin: erano bianchissime.

L'azzurro cupo della sua tuta spiccava fra le mastodontiche braccia metalliche.[377]

Non si udì nessuna voce, tranne quella disperata di una madre. La madre di Tomaso Dal Molin aveva assistito a tutta la scena; ora poteva dare degna sepoltura a quel figlio ormai dato per disperso. Deve essere stata una scena straziante.

Alle 12 e 25 del 30 gennaio 1930[378], i palombari dell'*Artiglio* avevano compiuto un'altra impresa, diversa e ancora più fisicamente, ma soprattutto psicologicamente, debilitante. Era ora di lasciare Desenzano e iniziare i preparativi per rimettersi alla ricerca dell'*Egypt*, in quella che sarebbe la stagione decisiva per il ritrovamento del relitto e, come vedremo, anche per le sorti dell'*Artiglio* stesso.

---

376 Ivi, cit. p. 207.
377 Ivi, cit. p. 208.
378 Ibidem.

Capitolo IX
E' L'EGITTO!

Dopo i lavori sul *Drummond Castle* e il recupero della salma di Tomaso Dal Molin, gli uomini dell'*Artiglio* tornarono a Brest, questa volta accompagnati, oltre che dal *Rostro*, anche dal *Raffio*.

Gianni e compagni non potevano ancora immaginare che quella, per molti di loro, sarebbe stata l'ultima stagione di lavoro sull'*Artiglio*.

9.1. Di ritorno a Brest, con tante novità

L'*Artiglio* mise nuovamente l'ancora nel porto di Brest il 15 giugno 1930, quasi 5 mesi dopo l'impresa di Desenzano del Garda.

Come detto in precedenza, questa volta oltre al *Rostro*, l'*Artiglio* aveva un altro compagno di lavoro: il *Raffio*.

Esso, poco più grande di un rimorchiatore, prima che fosse acquistato dalla Sorima, era una nave da pesca giapponese[379], del peso di circa centocinquanta tonnellate. Era una nave piccola ma robusta con l'abituale sproporzionato albero di trinchetto, e la grande gru; portava, a poppa, uno scafandro da grandi profondità, articolato. La si poteva riconoscere a distanza per due sue peculiarità: la sua casetta del timone, a poppa della ciminiera, e il verricello del palombaro, che era piazzato su di una incastellatura che sporgeva, a poppa, dalla sovrastruttura.[380]

Il suo capitano era dell'idea che il *Raffio* poteva navigare alla stessa velocità dell'*Artiglio*; inoltre la sua gru avrebbe potuto addirittura sollevare un peso maggiore rispetto a quella del suo collega, in quanto quella del *Raffio* era più larga che lunga, e il suo albero di trinchetto era più corto. Ovviamente il Gianni perfezionò anche questa imbarcazione, come era suo solito fare. Innanzitutto aveva cambiato la disposizione degli alloggi, e adesso il *Raffio* poteva portare addirittura il doppio dei passeggeri rispetto a prima. Le cabine dei palombari erano due, ed erano sistemate tra il castello di prua e l'albero di trinchetto, e una piccola cucina posta in un angolo del castello di prua.

Il capitano e il capo macchinista condividevano una cabina situata verso la prua della nave, subito dopo la ciminiera.

La saletta comune era una struttura smontabile, situata in coperta a metà della nave[381]. Questa era la prima novità che accompagnava l'inizio di questa nuova, e decisiva, stagione di ricerche.Per la ricerca definitiva dell'*Egypt*, il Quaglia aveva deciso di rivolgersi ed ottenere l'aiuto di un personaggio che di questa storia era molto a conoscenza. Era il capitano Le Barzic, niente di meno che il capitano della nave che aveva speronato l'*Egypt*, il *Seine*. Chi meglio di lui poteva aiutare i palombari nella loro impresa? Il capitano francese aveva passato tre ore nel tentativo di salvare qualcuna delle persone presenti sul transatlantico inglese. Cosa più importante aveva, dal quel giorno, più volte ricontrollato il punto della collisione. Novità entusiasmante per gli uomini della Sorima. C'era un solo problema che riguardava Le Barzic; nutriva una profonda antipatia per l'altro capitano chiamato ad aiutare i palombari, lo svedese del *Fritjof*, Hedbäck.

---

379 Vedi capitolo IV.
380 D. Scott, Con i palombari dell'Artiglio, cit. pp. 254-255.
381 Ivi, cit. p. 255.

A volte, al solo sentire il nome di Hedbäck, diveniva assurdamente furibondo; credo che fosse geloso dello svedese e non volesse ammettere che nessuno, all'infuori di lui, potesse sapere dove giaceva la carcassa dell'Egypt.[382]

 Gelosia irragionevole, dato che anche Le Barzic, così come aveva fatto il capitano dell'*Egypt*, poteva solo tentare di indovinare la posizione dove era affondato il transatlantico della *P&O*; anch'egli infatti si trovava a segnare una posizione nell'agitazione del momento.

Poteva ipotizzare la posizione dell'*Egypt* supponendo quella che avrebbe potuto essere la sua rotta nella nebbia, ed era anch'egli stato, quasi allo stesso modo, afferrato dall'angoscia cagionata dalla catastrofe.[383]

Hedbäck aveva segnato il suo punto con minuziosità, tenendo pur sempre conto dei piccoli errori in cui poteva incappare, come per esempio l'alterazione del livello dell'orizzonte causato dalla temperatura dell'acqua del mare.

Il vero problema, come può essersi intuito, era che Le Barzic non aveva nessuna intenzione di ammettere che il capitano svedese potesse aver trovato il relitto, e perciò non voleva nemmeno avvicinarsi al punto da lui segnato. Secondo lui l'*Egypt* era affondato più a nord, molto più a nord. Insistette talmente tanto che alla fine l'*Artiglio* e il *Rostro* cominciarono a dragare lungo il margine settentrionale del parallelogramma segnato sulla carta. Il *Raffio* era invece stato inviato dal Quaglia al nord, verso Guernesey[384], per lavorare su un relitto secondario scoperto in quella zona: un rottame carico di rame ed alluminio, affondato in acque troppo profonde per l'inesperto equipaggio del *Raffio*. Fu deciso allora che a lavorare su quella nave sarebbe andato il più esperto equipaggio del *Rostro*, mentre il *Raffio* avrebbe lavorato al fianco dell'*Artiglio*. Cambiò anche il metodo di lavoro in questa stagione. Finalmente era pronta la tanto agognata draga sospesa. Essa funzionò da subito ottimamente. Alcuni pesi e boe erano stati appositamente piazzati in modo tale da tenerla sospesa ad una decina di metri dal fondo[385]. Il lavoro sarebbe consistito nell'avanzare lentamente verso sud dragando ogni metro quadrato dell'area segnata, spuntando ogni giorno le aree già esplorate, segnalandole in mare con lunghe file di boe[386]. Questo sistema richiedeva sì molta pazienza, ma si rivelò essere il più adatto in quanto, avanzando secondo un piano determinato, si evitava lo scoraggiamento che invece si era manifestato con forza in precedenza. L'*Artiglio* aveva anche a disposizione uno strumento elettronico non molto diverso da quello del professor Brooks, ma comunque più raffinato. Esso sarebbe servito soltanto per confermare la presenza di un rottame dalla superficie, senza disturbare il lavoro delle navi stesse.

9.2 La nuova squadra scandaglia tutto l'oceano

I lavori di dragaggio cominciarono con le prime luci del 16 giugno. Era una bella giornata, poche nuvole in cielo; il mare era appena increspato dal vento. L'*Artiglio* e il *Rostro* navigarono fino a Le Conquet, dove segnalarono il margine settentrionale dell'area di ricerca. A mezzogiorno la prima boa fu sistemata.

Per rendere un po' più agevole e veloce il lavoro di delimitazione dell'area, si decise che l'*Artiglio* avrebbe posizionato le boe pari, mentre il *Rostro* le dispari.

---

382 Vi, cit. p. 256.
383 Ibidem.
384 Comune situato davanti al golfo di Saint-Malo, con governo autonomo, dipendente dalla Corona Britannica.
385 S. Micheli, L'Artiglio ha confessato, cit. p. 212.
386 D. Scott, Con i palombari dell'Artiglio, cit. p. 257.

Al calar della sera le boe piazzate dalle due navi ammontavano a dodici, disposte lungo una direttrice di due chilometri che delimitava pressappoco il vertice superiore dell'area da ispezionare.

Si cominciò così, testando anche il perfetto funzionamento della draga sospesa, ad arare fra le prime due file di boe, per poi tracciarne una terza a sud della seconda. In questo modo si impiegava più tempo a sistemare le boe che a dragare il fondo, ma solo così si poteva essere sicuri di scandagliare ogni singolo pezzettino di fondale oceanico.

Dopo quattro giorni però cominciarono nuovamente a sorgere dei dubbi. Ancora non era stato segnalato niente dal cavo. Possibile che questo non rastrellasse alla profondità che si era calcolata e che fosse sospinta quasi orizzontalmente dalle forti correnti? Inoltre, a rendere ancora più tesa al situazione, concorrevano le frequenti, assillanti chiamate del Quaglia. La radio rischiava di diventare un incubo per l'equipaggio.

Il giorno seguente fece la sua comparsa un altro vecchio avversario, il vento di Sud-ovest. Si dovette, per forza di cose, sospendere i lavori per due giorni.

All'alba del settimo giorno, il 23 giugno, il vento cadde e le onde si placarono. Si poteva tornare in mare aperto. O almeno così si pensava.

Per cui salparono: ma appena fuori del Goulet vennero investiti dalla bufera e dovettero virare alla svelta.[387]

Quando David Scott, il giornalista ormai parte integrante dell'equipaggio dell'*Artiglio*[388], tanto da avere una sua cuccetta personale, tornava a Brest (quella stagione non fu a bordo per tutta la durata dei lavori[389]), trovava il Gianni e, soprattutto, il commendatore Quaglia in preda ad un entusiasmo sincero. I lavori adesso procedevano bene, ed era opinione comune che si fosse vicini al traguardo tanto ambito.

Il *Rostro*, che come abbiamo visto fu mandato a Guernesey a sostituire il *Raffio*, stava guadagnano una gran quantità di denaro lavorando sul relitto trovato in quella zona; l'*Artiglio* e il suo nuovo compagno avevano invece già trovato, avendo scandagliato pezzo per pezzo l'area delimitata dalle boe, i tre o quattro relitti che si sapeva giacere in quella zona. Quindi mancava solo lui, l'*Egypt*.

Giravano molte voci sul perché non si riuscisse a trovare il relitto del transatlantico inglese. Una era questa, cioè che la nave si potesse essere fermata a mezz'acqua, e fosse così andata alla deriva per molte miglia prima di posarsi sul fondo.[390]

Questa ipotesi non poteva affatto essere vera, e ciò per una semplice ragione. È errore comune immaginarci il mare molto più profondo di quanto non sia in effetto. In realtà, l'*Egypt* era affondato da poppa, e questa aveva già toccato il fondo mentre la sua prua usciva ancora dall'acqua, diritta in aria. Rimase in quella posizione per qualche minuto, con la poppa che faceva peso sulla sabbia, e che si sfasciava, per il movimento e il peso, completamente prima di affondare del tutto e scomparire.[391]

Ma, ovviamente, era impossibile che sulla carta fossero debitamente segnati tutti i relitti presenti, che si rivelarono più di quattro.

---

387 S. Micheli, L'Artiglio ha confessato, cit. p. 213.
388«Nei momenti di stanca dava una mano in cucina, mentre Franceschi gli lavava la camicia. Era benvoluto da tutti.». B. Giannaccini, L'Artiglio, cit. p. 88.
389 D. Scott, Con i palombari dell'Artiglio, cit. p. 258.
390 Ivi, cit. p. 259.
391 Ibidem.

Ci fu un primo falso allarme, il 6 luglio, quando il cavo rimase impigliato in quello che si rivelò essere il relitto di un piroscafo greco, il *Tijuca*. Era affondato a 118 metri, non distante dal faro di Ar-Men, sulla punta occidentale della Bretagna. Secondo un altro autore, Edward Ellsberg, autore del libro *Men under the sea* del 1939, il relitto in realtà era quello di un'altra nave greca, il *Demetrios Inglessis*, colato a picco durante la guerra mondiale[392].

Il secondo relitto non segnalato sulle carte in cui si incagliò la draga più a sud era quello di un grosso vapore spagnolo, adibito al trasporto di arance.

In entrambi i casi i palombari non ebbero difficoltà, durante le loro immersioni, a confermare che non si trattava del relitto dell'*Egypt*.

Però la fiducia stava pian piano tornando, nonostante una sosta obbligata in luglio a causa del maltempo. Questi comunque non furono giorni di riposo per gli equipaggi.

Il Quaglia infatti si era dato alla ricerca di altri rottami, in località riparate, per racimolare denaro da investire poi nuovamente nella ricerca dell'*Egypt*. Tra questi rottami c'era il *Ferieux*, nave da guerra affondata trent'anni prima nella baia di Brest. Il problema in questo caso era che, giacendo in acque basse, il relitto era già stato depredato delle parti di rame e ottone[393].

L'*Artiglio* fu quindi inviato a Guernesey per rintracciare un nuovo relitto, cosa che il *Raffio*, non dotato della draga sospesa, non era stato in grado di fare. Il *Rostro* invece fallì nella ricerca di un relitto al largo della penisola di Finistère, ad Aber-Vrach[394].

Il giorno 24 giugno il mare era abbastanza calmo da permettere alle navi di uscire e fare rotta al largo dell'Iroise. Otto delle dodici boe piazzate nei giorni precedenti erano state spazzate via dalla corrente, ed era inutile stare a ricercarle. Tutto il resto della giornata gli equipaggi la passarono a ricercare il punto in cui era stato sospeso il dragaggio.

Il lavoro andò avanti fino alle otto, quando il mare era troppo mosso per continuare con la ricerca.

Solo alla fine del mese si poté ricalare la draga che, ancora una volta, rimase impigliata in qualcosa. Ancora una volta era un rottame. Ancora una volta non era l'*Egypt*. Questa volta si identificò essere il relitto del *Risholm*, l'ultimo segnalato sulle carte nautiche[395]. Si trattava di una nave da guerra, affondata nel corso della prima guerra mondiale da un sottomarino tedesco *UC-26*, nei pressi di Ouessant.

Si poté riprendere le operazioni successivamente, il due di agosto, ma il lavoro durò poco. La torretta infatti aveva subito un guasto all'oblò centrale, e l'*Artiglio* dovette rientrare a Brest per effettuare le necessarie riparazioni.

Nei giorni successivi si ebbe la conferma, con grande soddisfazione del Gianni, che sempre aveva sostenuto questa idea, che l'*Egypt* non poteva trovarsi nella parte settentrionale del rombo in cui erano state effettuate le ricerche. La notizia scatenò quasi il disgusto di Le Barzic, dato che veniva quasi confermato che ad aver ragione era il capitano Hedbäck. Le navi della Sorima avevano solcato ogni metro quadrato dell'area settentrionale, tutti i relitti segnalati sulle carte erano stati trovati e non si poteva quindi neanche lontanamente ipotizzare che si fosse passati sopra il relitto del transatlantico inglese senza che la draga rimanesse impigliata. La nave della *P&O* era infatti quasi quattro volte più grande degli altri relitti, che erano stati

392 S. Micheli, L'Artiglio ha confessato, cit. p. 215 (nota 2).
393 D. Scott, Con i palombari dell'Artiglio, cit. p. 259.
394 S. Micheli, L'Artiglio ha confessato, cit. p. 217.
395 Ivi, cit. pp. 218-219.

▲ Marinai e palombari della Sorima

trovati senza difficoltà[396]. Quindi, come sarebbe stato possibile che la draga ci fosse passata sopra senza incagliarvisi? Era impossibile, molto semplicemente. Bisognava spostarsi più a sud. La svolta avvenne il 21 agosto. Verso le due del pomeriggio la draga si incagliò in qualcosa, a ovest del punto di Hedbäck. Il mare era mosso, le onde colpivano l'*Artiglio* di traverso. Era impossibile compiere un'immersione. Ma il Gianni, che non voleva perdere quel punto, ordinò, in preda all'eccitazione, di salpare il cavo. Operazione pericolosissima in quelle condizioni atmosferiche: si rischiava addirittura di rovesciare le barche. C'era anche il rischio che il cavo si spezzasse e le navi, ormai alla deriva non sarebbero più state in grado di ritrovare il punto esatto in cui il cavo si era incagliato.

Una responsabilità enorme, quella che si assumeva il capo palombaro dell'*Artiglio*.

Si cominciò a salpare il cavo, finché questo non si trovò in posizione perfettamente verticale. Il pericolo era ora veramente troppo. Ma non per nulla gli equipaggi di *Artiglio* e *Raffio* erano considerati tra i migliori al mondo: l'operazione di abboaggio[397] del cavo venne portata a termine in meno di venti minuti. Dopodiché si spostarono tutte le altre boe di un miglio[398] verso nord. Questa fu l'ultima operazione della giornata; le navi volsero quindi alla volta di Brest, per trovare riparo dal mare ormai quasi in tempesta.

Si ritornò sul punto il pomeriggio del giorno successivo, il 22. La burrasca aveva colpito più al largo, risparmiando le boe, che apparivano tutte al loro posto. Quasi tutte, almeno. L'ultima sembrava mancare all'appello, come fece notare il capitano Bertolotto al Gianni. La sesta boa

---

396 Ivi, cit. p. 220.
397 Operazione di collegamento della draga alla boa; la draga verrà poi mozzata, in modo da segnalare quel punto.
398 Un chilometro e mezzo circa.

fu infine rintracciata verso est, a quasi un chilometro di distanza. L'*Artiglio* le si accostò, per permettere al Sartini di recuperarla e portarla a bordo. Ma qualcosa non andava.

Dopo tre metri il cavo a cui era collegata la boa si tese, inspiegabilmente. Gianni ordinò di tirare, e così fu fatto fino a quando, con uno schianto, la boa si staccò.

Appeso alla zavorra affiorò un'intricata massa di ferri arrugginiti, con una sbarra ricurva, assai pesante. Scaricato il groviglio sul ponte, il Gianni e compagni si precipitarono verso la sbarra, simile in tutto alle aste che a bordo sostengono le scialuppe, o al braccio di gru per l'ancorotto. Laggiù c'era dunque una nave.[399]

9.3. *Trovato di nuovo*

Che cos'era quel piccolo diavolo? Una sottile bestiola di un braccio di gru, piantato sull'estrema poppa dell'*Egypt*?[400]

Alberto Gianni si era subito tuffato sui piani di costruzione dell'*Egypt*, che dall'inizio delle operazioni si trovavano a bordo nell'attesa di questo giorno. Poteva trattarsi di una comune braccio di gru, presente su tutti i piroscafi. L'idea fece affievolire di colpo le gioie dell'equipaggio. E i rilevamenti sui piani facevano presagire che si trattasse di un'altra nave sconosciuta.

Ma qualcosa saltò agli occhi del Gianni, proprio in fondo alla carta.

Il regolo! I divisori! Sei piedi per un pollice...

Era esatto al millimetro![401]

Era lui. Era l'*Egypt*. Il così a lungo ricercato relitto pareva essersi consegnato ai suoi cacciatori, quasi che ne avesse sentito l'ormai prossimo arrivo.

La gioia non poteva ancora esplodere però, mancava ancora la sicurezza che il relitto fosse davvero quello dell'*Egypt*.

Per quattro giorni il lavoro fu bloccato, sempre a causa del maltempo. La sera del 28 agosto faceva ipotizzare un prossimo periodo di calma.

Il giorno successivo effettivamente si poté uscire. Verso mezzogiorno l'*Artiglio* prese a navigare in direzione del punto dove si trovavano il *Raffio* e il relitto ma, nei pressi delle Pierres Noires, incappò in una fitta nebbia e fu costretto a fermarsi nell'attesa che questa calasse. Il momento atteso arrivò con il levare del sole, e si poté così riprendere la navigazione.

Dopo quattro ore l'*Artiglio* scorse il *Raffio* ormeggiato alla boa che segnalava il relitto trovato una settimana prima. Il *Raffio* aveva già preparato e calato in acqua un circolo di boe per permettere l'ormeggio anche all'*Artiglio*.

Il primo a immergersi sarebbe stato Alberto Bargellini. Si preparò, dopodiché si calò nella torretta e il Gianni ne avvitò sopra di lui il coperchio. Aristide Franceschi avrebbe mantenuto i contatti con il palombaro immerso.

La torretta fu calata, fino ad arrivare alla profondità di 100 metri. Il Bargellini continuava a ripetere però di non vedere nulla e di continuare a farsi calare. Intorno a lui non poteva vedere che acqua verde scuro, nient'altro.

Il Gianni si accorse che il Bargellini non doveva trovarsi direttamente sul punto segnalato dalla boa: il cavo non scendeva infatti verticale e l'*Artiglio* si trovava quindi spostato rispetto al rottame. Fu ordinata quindi una manovra che avrebbe spostato la nave nella posizione de-

---

399 S. Micheli, L'Artiglio ha confessato, cit. p. 225.
400 D. Scott, Con i palombari dell'Artiglio, cit. p. 265.
401 Ibidem.

siderata. Tutto l'equipaggio corse agli argani, e l'*Artiglio* prese a spostarsi lentamente di lato.

Arrivati a circa nove metri di spostamento dal telefono arrivò il segnale[402] di fermare i verricelli. Bargellini disse di poter scorgere qualcosa davanti a sé e chiese di essere calato ancora più in basso. Non era uno scoglio, come il palombaro aveva ipotizzato inizialmente. Si trattava del relitto.

Il Bargellini si trovava ora all'altezza della coperta, ma non riusciva a scorgere se ci fosse il castello di prua, ma egli ipotizzò di esserci di fianco. Fu quindi calato ulteriormente. Mentre veniva fatto sfilare davanti allo scafo, improvvisamente si parò davanti a lui un oblò.

Ha il telaio di bronzo, è del diametro di circa quarantacinque centimetri, ed è fissato a un metro sotto la coperta. Posso vedere appena il parapetto sopra alla mia testa. Ci sono tre sbarre orizzontali, e il passamano di legno sulla cima.[403]

Si fece spostare quindi verso poppa, alla ricerca delle gru idrauliche, peculiari dell'*Egypt*[404], che avrebbero permesso un'identificazione quasi certa del relitto.

Sono composte da un braccio inclinato di lastre d'acciaio rivettate, e hanno alla base un grande cilindro diritto con in alto delle pulegge attorno alle quali è arrotolato un cavo d'acciaio.[405]

Il Bargellini continuava ad essere fatto strisciare verso poppa, lungo il rottame. Poté riferire, a causa della sua lunghezza, confermare che quello era il relitto di un transatlantico. Scorse anche un salvagente, ma era talmente pieno di alghe da non essere possibile leggervisi alcun nome scritto.

D'un tratto la sovrastruttura si interruppe. Il Bargellini chiese spiegazioni ai compagni in superficie. Gli fu quindi spiegato che c'era sì un'interruzione nella sovrastruttura del transatlantico, a metà, ma che non andava da una parte all'altra della nave.

Va solamente fino alla parete delle sale. Lì c'è il boccaporto della stiva, e il ponte, in alto, è tagliato per far passare i carichi. Lì è dove dovrebbe essere la prima gru idraulica.[406]

Dapprima il Bargellini non scorse niente, fino a quando l'ombra di una massa di metallo arrugginito cominciò a danzare davanti a lui. Un momento poteva vederne i rivetti, tanto ci era vicino. Il momento dopo l'ombra scompariva quasi dalla sua vista.

Passò mezz'ora prima che questo movimento si fermasse. Quando successe poté vederla.

Cilindri accoppiati, diritti, del diametro di sessanta centimetri. Due pulegge in testa. C'è ancora un pezzo di cavo attaccato.[407]

Le gru idrauliche si stagliavano davanti al Bargellini.

L'*Egitto*[408] era stato trovato.

9.4. *Fine di una leggenda*

Il ritrovamento venne attestato anche a bordo. Il Bargellini, appena riemerso, era corso subito ai piani dell'*Egypt* trovando tutti i particolari che aveva visto durante l'immersione.

Avevano sconfitto la leggenda, tutte le malelingue erano state zittite da questi straordinari uomini.

---

402 Un fischio.
403 D. Scott, Con i palombari dell'Artiglio, cit. p. 273.
404 Bisogna sempre tener presente che l'Egypt era la nave più vecchia della flotta della P&O. Le sue gru erano quindi di un modello ormai antiquato, non più in uso sulle navi.
405 D. Scott, Con i palombari dell'Artiglio, cit. p. 274.
406 Ivi, cit. p. 275.
407 Ivi, cit. p. 276.
408 Così lo chiamò il Gianni, appena riferitagli la notizia dal Bargellini.

▲ L'artiglio "sopra" l'Egypt

Il ritrovamento fu poi confermato anche dal Franceschi, anche se dapprima non riuscì a scorgere il rottame, a causa della corrente montante. Nonostante la difficoltà. Il Franceschi riuscì a scorgere una doppia fila di oblò, il che provava definitivamente che si trattava di un transatlantico. Vide inoltre un'altra gru idraulica. Ormai non c'erano più dubbi sull'identità del relitto. Era diventato, però, troppo difficile continuare a lavorare, a causa della corrente e le operazioni di quella gloriosa giornata finirono.

Il pomeriggio del 30 agosto il Bargellini compì una nuova immersione, per confermare l'esatta posizione del relitto. Esso si trovava a latitudine 48°07'45'' Nord e longitudine 5°30'30'' Ovest[409]. La notizia del ritrovamento fu inviata dal giornalista di bordo, David Scott. L'inglese, eccitato come i suoi compagni di avventura dalle notizie che provenivano dai palombari durante le immersioni, si precipitò con il *Raffio*, a Ouessant, diretto all'ufficio postale. Voleva fare subito una chiamata alla redazione del *Times* per annunciare la tanto sospirata notizia. Non voleva usare canali troppo potenti, come le stazioni radio di Ouessant: la scoperta doveva rimanere ancora in sordina, sarebbe stata rivelata al mondo a tempo debito.

C'era un problema, però: era domenica. Nonostante le assicurazioni di Le Barzic, non nuovo alle segnalazioni errate, Scott trovò l'ufficio postale chiuso. La salvezza parve arrivare a bordo di una carro a due ruote; si trattava di tre uomini e una donna, vestita nel tipico costume bretone.

Uno degli uomini chiese al giornalista che cosa ci facesse in quel luogo.

---

409 S. Micheli, L'Artiglio ha confessato, cit. p. 237.

Gli risposi che volevo telefonare a Parigi: a questa mia risposta il volto dell'uomo mostrò immediatamente il diletto che provano i piccoli funzionare francesi quando sono apportatori di cattive notizie.[410]

L'ufficio era chiuso, e non c'era altro modo di comunicare con il resto del mondo, per quel giorno. Ribadendo che egli era funzionario, che apparteneva all'amministrazione, il bretone, con fare superiore disse che solo in caso di vita o di morte ci poteva essere una possibilità: mandare un radiogramma da quella stessa stazione. Sarebbe comunque stato impossibile telefonare. D'altronde, se non lo sapeva lui che era dall'amministrazione!

Confidando nella sue conoscenza dei funzionari francesi che, di solito, quando affermavano qualcosa, la realtà si rivelava essere l'opposto, Scott non disperò.

Alla fine riuscì in quella che si stava rivelando una vera e propria impresa. Una donna, si offrì di aiutarlo; era la sorella della direttrice dell'ufficio postale che, arrivata sorridendo, aprì la porta a Scott, che poté così fare quella telefonata decisiva.

Quante benedizioni invocai sul suo capo! E che fortuna, per me, era che lei avesse qualche motivo di rancore per l'uomo della radio![411]

9.5. *Primi trofei, prime scocciature*

Il commendatore Quaglia era in visibilio, e non lo nascondeva per nessun motivo:

Si apriva come un fiore; diventava fisicamente più grosso, i suoi occhi castani scintillavano più profondi, la sua voce sonora assumeva una tonalità più calda: tutte le sue qualità e tutti i suoi difetti crescevano di tono. Si crogiolava con voluttà nell'adulazione, e portava i suoi allori con molta sostenutezza.[412]

Si fece sentire anche la sua immensa capacità imprenditoriale: ricompensò gli amici e gli aiutanti in modo regale, ordinando casse di champagne, trattando tutti con grande generosità; al contrario cominciò a tenere d'occhio i suoi rivali e i suoi associati, si mise a spulciare i contratti per controllare che tutto fosse in perfetto ordine.

Ma, come ovvio, le vittorie e i trionfi hanno anche l'opposto della medaglia: i giornalisti avevano creato una sorta di scorta fuori dall'albergo, pronti a captare qualsiasi notizia provenisse dall'interno; l'altro grosso inconveniente erano i suoi contratti, con tutte le clausole che scattavano ora che il relitto era stato trovato. Una su tutte era

il diritto, che le ditte a lui associate si erano riservate, di mandare i loro rappresentanti a bordo dell'*Artiglio* ora che il rottame era trovato.[413]

La *Salvage Association*, sussidiaria dei *Lloyds*, aveva diritto, per esempio ad avere un suo rappresentante sul posto quando i primi lingotti d'oro fossero stati recuperati; così com'era per gli incaricati dei signori Swinburne e Sandberg.

Il primo problema, peraltro di facile soluzione, che si poneva era: dove mettere sulle navi tutta questa gente?

Contemporaneamente si apriva la questione Le Barzic; se l'*Egypt* fosse stato trovato per merito suo, egli aveva diritto a un grosso premio. Ma adesso, era stato proprio così?

---

410 D. Scott, Con i palombari dell'Artiglio, cit. p. 287.
411 Ivi, cit. p. 288.
412 Ivi, cit. pp. 291-292.
413 Ivi, cit. p. 293.

Le Barzic sosteneva d'essersi trovato a bordo dell'*Artiglio* quando l'*Egypt* era stato trovato, e che senza la sua navigazione e il suo consiglio, quello non sarebbe stato affatto rintracciato. Terme, invece, sosteneva che era stato Gianni che aveva ritrovato l'*Egypt*, a dispetto di Le Barzic.[414]

Alla fine Quaglia firmò un assegno al capitano francese. D'altronde, se non fosse stato per lui l'*Egypt* non sarebbe affondato, e il commendatore non avrebbe potuto guadagnarci una fortuna ritrovando il suo relitto!

Ma le ansie maggiore erano riservate al Quaglia dai rappresentanti inglesi. Aspettandosi una *specie di impiegato di banca*, il Quaglia fu sorpreso nel vedere un capitano in ritiro, il capitano Beck, e un ammiraglio in pensione, il contrammiraglio Stephenson[415].

Le apprensioni del Quaglia si rivelarono ingiustificate: essi si rivelarono essere le persone più accomodanti del mondo e a bordo divennero presto amici di tutti.

Ma, in quei giorni, ci furono anche i primi trofei riportati a galla dall'*Artiglio*.

I palombari decisero di sfruttare al massimo i pochi giorni di bel tempo disponibili; l'*Artiglio* rimase ancora due giorni sul luogo del ritrovamento, e ciò diede i suoi frutti.

Dunque, senza far tanto chiasso, l'*Artiglio* se ne tornava con una gru idraulica dell'*Egypt*, completa del braccio, di due cilindri e delle pulegge in blocco. Qualche cosa come sette tonnellate di materiale.[416]

Ciò dimostrava ancora una volta le rare capacità di questi palombari: avevano recuperato in brevissimo tempo un rottame di questa portata affondato a una profondità di oltre 130 metri. Non si era mai visto niente del genere. Anche i più scettici dovevano ricredersi. C'era ancora chi credeva che non avrebbero mai recuperato l'oro, ma saranno smentiti anche questi, a tempo debito.

Il *Rostro* era ancora al lavoro a Guernesey, stava completando il lavoro di recupero del rame e dell'alluminio da un relitto. Il *Raffio* era già stato inviato dal Quaglia a Belle-Île per lavorare alla demolizione della carcassa del *Ville d'Angers*, che ostacolava l'ingresso del canale.

9.6. *Riprendono i lavori, tra angosce e casseforti*

La mente del Gianni era ora già sul prossimo obiettivo: la cassaforte del capitano. Era sempre il primo passo da compiere, dato che una cassaforte poteva contenere non solo denaro, ma anche documenti utilissimi.

Giacendo dritto l'*Egypt*, non doveva essere un lavoro difficile entrare nella cabina del capitano ed estrarre la cassaforte. Sarebbe bastato togliere il tetto alla cabina del capitano e prenderla.

Ad immergersi con la torretta fu ancora una volta Alberto Bargellini. Si preparò e fu calato, al primo tentativo, sul ponte delle scialuppe del rottame, esattamente di fronte alla cabina del capitano. Ora non mancava altro che calare la benna e cominciare il lavoro, quasi alla cieca di rimozione del tetto e recupero della cassaforte.

In meno di dieci minuti la benna fu calata e il tetto cominciò a cedere. Il legno era talmente marcio che non oppose quasi la minima resistenza. Bargellini ci mise altrettanto poco a scorgere la cassaforte, che giaceva sul pavimento della cabina. Si fece calare la pinza, quella già utilizzata per l'avorio dell'*Elizabethville*. Sembrava andasse tutto benissimo, si poteva completare l'opera in un tempo relativamente breve.

---

414 Ivi, cit. p. 294.
415 Inviati rispettivamente dalla Salvage Association e da Sandberg.
416 S. Micheli, L'Artiglio ha confessato, cit. p. 240.

Dopo circa un quarto d'ora di questo gioco, Bargellini, guardando attraverso ad uno dei suoi finestrini tondi, vide all'improvviso, con la coda dell'occhio, un oggetto indistinto passare dall'altro finestrino, alla sua destra, affondando. Si volse per vedere quello che stava accadendo, e vide che era lo stesso cavo quadro del suo scafandro quello che cadeva, svolgendosi in graziose spirali, verso il fondo.[417]

Il Bargellini, immaginando che dall'alto stessero calando troppo cavo, ordinò di tirare. Se avessero continuato così, il cavo avrebbe finito per aggrovigliarsi e rompersi. Dall'alto eseguirono l'ordine, eppure il cavo rimaneva immobile.

Il cavo era rotto? Il panico cominciò a insinuarsi nella mente del Bargellini. In superficie il Gianni continuava a tirare. Il cavo era insolitamente leggero, veniva salpato abbastanza in fretta. Troppo in fretta. Il cavo era rotto.

Subito fu calato il canotto d'emergenza. Gianni, con fare perentorio, avvertì il Bargellini, intimandolo però di mantenere il sangue freddo. Se si fosse fatto prendere dal panico sarebbe stata la fine, avrebbe consumato tutto l'ossigeno rimasto prima che potesse essere aiutato.

Il palombaro nella torretta avrebbe dovuto sganciare la zavorra, e sarebbe tornato a galla. L'unica preoccupazione in quel caso sarebbe stata quella di localizzare la torretta una volta riemersa.

Bargellini allora, ancora abbastanza calmo, tirò il cavo che permetteva il rilascio della zavorra. Niente. Non succedeva niente. Il volante di rilascio si era bloccato.

Il Gianni era già pronto a calarsi con lo scafandro articolato, ma sentì nel telefono la voce del Bargellini, tornata nuovamente calma. Il palombaro aveva cominciato a vedere una grande luce nel profondo del mare. Forse in senso metaforico, certo. Per fortuna però si trattava di una luce materiale.

Era successo che la piastra che fungeva da ancora, allentatasi a causa del continuo movimento dell'acqua, si era smollata tanto da staccarsi senza che egli se ne accorgesse. La torretta aveva cominciato subito a risalire, cosa che aveva fatto sì che Bargellini vedesse il suo cavo affondare[418].

Il cavo quindi non era rotto, per fortuna. Ma Bargellini ci mise un paio di minuti a capirlo, due lunghissimi e angoscianti minuti. Non si poteva scherzare con l'oceano.

I lavori sulla cassaforte ripresero due giorni dopo. Sempre Bargellini si immerse e ricominciò a guidare le pinze per recuperare la cassaforte.

La afferrarono dopo una dozzina di tentativi e sia la cassaforte che il palombaro vennero riportati in superficie velocemente.

Dopo averla caricata a bordo, l'equipaggio dovette aspettare di essere in porto per aprirla. Una volta aperta al suo interno gli uomini vi trovarono i resti inzuppati di una borsa del *Foreign Office*, piena di lettere dall'aspetto molto grave, e di carte in buste sigillate con ceralacca rossa. [...]. Qualcuno dei documenti portava l'indicazione "Segreto" e su certuni di essi trovammo le firme di dignitari trapassati del *Foreign Office*. Una era quella di Curzon of Kedleston[419].

Con il recupero della cassaforte, anche questa volta, come era già stato con l'*Elizabethville*, senza troppe sorprese al suo interno. Si chiudeva la prima fase dei lavori sul finalmente trovato relitto dell'*Egypt*. L'ultima ora dell'*Artiglio* incombeva, ma nessuno lo poteva sospettare in questo momento di gloria.

---

417 D. Scott, Con i palombari dell'Artiglio, cit. p. 298.
418 Ivi, cit. pp. 298-303.
419 Viceré dell'India dal 1899 al 1905.

▲ I palombari dell'artiglio sul tesoro dell'Egyt visto dal grande Achille Beltrame

9.7. Su un relitto, per l'ultima volta

La stagione era ormai troppo avanzata per continuare a lavorare sull'*Egypt*. I giorni di bel tempo erano sempre meno, il mare era troppo mosso.

Nonostante ciò, il Gianni si era portato avanti e aveva messo a punto un piano d'azione per quando le manovre sarebbero riprese, per quando, cioè, si sarebbe arrivati alla stiva contenente l'oro.

La camera del tesoro era una scatolone stretto, lungo venticinque piedi, largo otto e alto nove (sette metri e cinque centimetri, due metri e quaranta centimetri e due metri settanta centimetri circa), con sopra tre ponti. Per risparmiare tempo, e anche per evitare di disperdere il tesoro mentre lo avrebbero estratto, aveva deciso di compiere un'incisione nel rottame, così come un chirurgo incide il corpo di un suo paziente, per asportarne tutta la stanza del tesoro, e riportarla a galla tutta intera.[420]

Ma, come detto, gli uomini non poterono mettersi adesso al lavoro, e tutto fu rimandato alla nuova stagione.

Comunque l'*Artiglio* e il *Rostro* quell'anno avrebbero passato più tempo possibile nelle acque francesi, per poi ritirarsi a Brest, quando il tempo fosse diventato troppo cattivo. Li avrebbero atteso la primavera, quando avrebbero potuto riprendere le operazioni sull'*Egypt*.

Il *Rostro* avrebbe lavorato, come visto in precedenza, sul *Ville d'Angers*, sul lato nord del canale per Saint-Nazaire, tra l'isola di Houat[421] e la terraferma. L'*Artiglio* avrebbe dovuto lavorare allo smantellamento del *Florence*.

Si trattava di una nave americana adibita al trasporto di munizioni da New York a Saint-Nazaire, per il rifornimento delle forze dell'Intesa durante la Prima Guerra Mondiale. Nell'estate del 1917, durante il suo viaggio di routine, subì gravi ritardi dovuti al cattivo tempo, e rimase isolata rispetto al convoglio che doveva raggiungere sulle coste francesi. Come vedremo, fu un colpo di fortuna nella disavventura.

La nave fu costretta ad avvicinarsi da sola alle coste, in balia dei sottomarini tedeschi. Giunta allo stretto di Quiberon, in tutta sicurezza, si ancorò all'ingresso del canale. Sembrava tutto tranquillo. Ma, come abbiamo visto spesso in questo lavoro, quando si lavora in mare la tranquillità non è cosa certa.

Un'ora dopo che si era ancorato, il *Florence* saltò in aria. Le munizioni nella sua stiva erano esplose, sventrandogli la prua. Tutti gli uomini dell'equipaggio morirono.

Successivamente, con le prime immersioni dei palombari francesi, si scoprì che a bordo del *Florence* era stato posizionato un ordigno temporizzato, che avrebbe dovuto esplodere poche ore dopo l'arrivo a Saint-Nazaire. Fu quindi un colpo di fortuna, per la città, che il *Florence* sia arrivato in ritardo, mettendosi così alla fonda nel canale, e non nel porto. Si era sventata una catastrofe.

In ogni caso, oltre alle disastrose perdite umane, il naufragio del *Florence* divenne un problema per le altre imbarcazioni. Era affondato all'ingresso di un canale molto trafficato, e nella sua stiva erano ancora presenti svariati chili di munizioni inesplose[422].

L'*Artiglio* cominciò a lavorare sul relitto nei primi giorni di ottobre del 1930.

Il fatto che la nave fosse ancora carica di munizioni poteva essere anche un fattore positivo: se sfruttate a dovere, con attenzione, avrebbero potuto rendere più facile il lavoro dei palombari.

---

420 D. Scott, Con i palombari dell'Artiglio, cit. p. 310.

421 Nei pressi di Belle-Île.

422 D. Scott, Con i palombari dell'Artiglio, cit. pp. 311-312.

Secondo il Gianni era fattibile compiere tutto il lavoro in una giornata, addirittura.

Se poteva far sì che tutto il carico, o piuttosto i tre quarti del carico che erano rimasti nel rottame, esplodessero insieme, il rottame sarebbe stato ridotto in frantumi.[423]

Durante la prima uscita sul relitto, il 4 ottobre, i palombari decisero di provare subito quanto detto dal loro capo. Posero quindi due mine, una su ogni lato dello scafo.

Essendo affondata ad una profondità bassa[424], i palombari potevano lavorare con gli scafandri di gomma, dato che avevano anche la necessità di usare le mani.

Aristide Franceschi scese a piazzare le prime mine. Risalito, il Gianni fece spostare l'*Artiglio* fino alla parte opposta del canale, come previsto dalle regole auree da seguire in caso di lavoro con esplosivi, e fece scattare la dinamo collegata all'innesco. Le mine esplosero.

Franceschi ridiscese a vederne il risultato. Nulla. O almeno, molto poco: c'erano solamente due piccoli squarci sui fianchi, al posto delle mine. Dall'interno nessuna reazione.

Riprovarono con sei mine, questa volta. Stesso risultato. Stava diventando evidente che l'esplosivo, rimasto per tredici anni in acqua, fosse diventato innocuo. Il *Florence* doveva essere smantellato pezzo per pezzo, e il lavoro si prospettava nettamente più lungo della giornata preventivata dal Gianni, troppo ottimista, questa volta.

La stagione intanto avanzava, la voglia di rientrare in porto cresceva. L'esplosivo a bordo del *Florence* sembrava sempre di più del tutto inutilizzabile. Così le regole auree viste in precedenza venivano sempre di più eluse.

Giunse così il 7 dicembre, una domenica. Bargellini compì l'ennesima immersione sul relitto della nave americana.

Fino a quel momento i palombari avevano dato fuoco a più di due tonnellate di esplosivo, e da quello all'interno del rottame ancora nessuna reazione. La carcassa era intanto stata rasa a poco più del livello del mare, come da contratto, in modo da permettere il passaggio delle navi all'interno del canale.

Ora c'era solo da distruggere la poppa. Proprio lì Bargellini aveva posto ulteriori sei mine, prima di farsi tirare su. Alberto era felice quel giorno: a Portovecchio, sua moglie lo attendeva, con la figlia appena nata, battezzata Egiziana.

L'*Artiglio* mollò gli ormeggi e trasse a bordo la boa, perché il suo lavoro era terminato. Si allontanò lentamente, connesso ora al *Florence* soltanto da un sottile filo induttore, che scendeva in mare da poppa. Si voleva mettere ad una certa distanza, abbastanza al sicuro, e poi avrebbe dato fuoco alle mine. Come si allontanava sul mare liscio, con la macchina che funzionava al ritmo della sua canzone abituale.[425]

La sicurezza stava crescendo, fin troppo.

Il ritirarsi più in là di due miglia ogni volta che si provocava un'esplosione, significava una tremenda perdita di tempo, e tutti volevano essere a casa per Natale [...].

Le due miglia si ridussero a un miglio. Il miglio a trecento metri...[426]

A bordo tutti erano rilassati; era l'ultimo lavoro della stagione, poi tutti a casa dalle loro famiglie.

Gianni controllava la distanza che aumentava tra l'*Artiglio* e il *Florence*. Secondo lui si era ad una distanza sufficiente. Ordinò di far scattare la dinamo. La voce passò, fino a raggiungere

---

423 Ivi, cit. p. 313.
424 Circa sedici metri e mezzo.
425 D. Scott, Con i palombari dell'Artiglio, cit. pp. 315-317.
426 Ivi, cit. p. 315.

▲ Uomini da leggenda....

la sala macchine. Le mine posate dal Franceschi esplosero, ma l'esplosione fu più forte del previsto. Quando il fumo cadde, si poterono vedere solo le teste di sette uomini terrorizzati e disorientati, che spuntavano tra le onde.

L'ultima mina aveva fatto saltare tutto l'esplosivo presente all'interno del *Florence*. L'esplosione era stata talmente imponente da creare sul fondale un cratere di duecento metri di diametro.

Il capitano Carli, dal *Rostro*, assistette a tutta la scena. Le acque, sollevate dall'esplosione, tornarono verso il basso. Travolsero l'*Artiglio*. E lo portarono con loro sul fondo.

Dove era prima l'*Artiglio* si stendeva un'enorme nube di fumo a forma di fungo, che si formava sull'acqua.[427]

Nello sconforto totale Carli ordinò ai suoi uomini di correre sul posto ad aiutare chi poteva essere aiutato. Venti minuti dopo erano sul luogo della catastrofe.

Come il *Rostro* si avvicinava, uno di essi, in mezzo a quel caos, alzò un braccio e tentò un evviva. Gli uomini del castello di prua del *Rostro* udirono una fragile voce cantare. Era il piccolo cameriere, Gino.[428]

Cantava, Gino. Cantava per far forza ai compagni superstiti. In sette si salvarono. Solamente sette. Il Capo, Amedeo, suo fratello, Giulio, Vailante e un fuochista, oltre al giovane Gino. Degli altri, più nulla.

Alberto Gianni fu trovato a faccia in giù, ricoperto di ferite. Aristide Franceschi fu trovato poco lontano. Il capo e il suo braccio destro, insieme fino alla fine.

Alberto Bargellini non fu mai trovato. Di lui il maledetto oceano restituì solo una foto: una madre, una moglie, con la figlia di pochi mesi in braccio.

Nulla più. Nulla.

427 Ivi, cit. p. 320.
428 Ivi, cit. p. 322.

▲ La tragedia dell'artiglio

EPILOGO
PERCHÉ DIMENTICARE NON È PERDONABILE

Era tutto finito. Quel 7 dicembre, i migliori palombari che mai abbiano solcato i mari erano scomparsi, assieme alla loro nave, e alla speranza di portare a termine quell'impresa che li stava facendo conoscere a tutto il mondo.

Forse avevano osato troppo, ma d'altronde era tipico loro. L'avevano addirittura scritto lungo il ponte di comando.

MEMENTO AUDERE SEMPER

Ricordati di osare sempre. Mantennero la parola fino alla fine, questi uomini straordinari.

L'arrivo dei corpi al porticciolo di Quiberon fu straziante. Il *Rostro* stava alla fonda nel porto con la bandiera a mezz'asta. I suoi uomini uscirono dalla saletta. Si diressero a poppa, da dove tornarono con due rozze bare, che posarono sul boccaporto di prua.

La gente di Quiberon non fece mancare il suo affetto: dalla parte opposta del porto si poteva vedere una vera e propria folla di gente vestita di nero. Questa è la vera dimostrazione di cosa furono gli uomini dell'*Artiglio*.

Il verricello del castello di prua cominciò a girare. Il suo freddo tambureggiare fu l'unico suono che si udì come Gianni e Franceschi oltrepassavano la murata.[429]

I funerali si svolsero a Viareggio, il 15 gennaio del 1931, nella chiesa della Misericordia, con grande partecipazione della città intera.[430]

Sembrava che tutto fosse finito con quel 7 dicembre. Mai si sarebbe pensato che qualcuno potesse sostituire quegli uomini. Per molto tempo, che quasi sembrò un'infinità, fu così.

La leggenda rinasceva, quella dell'*Egypt*, che tornava ad essere una sorta di fiaba. Un'altra ne era nata, quella dell'*Artiglio* e dei suoi uomini. Un'altra ne doveva nascere.

Se vogliono possono farlo: l'animo non manca, il mestiere lo sanno e il lavoro non li spaventa.[431]

C'era quindi chi poteva raccogliere l'eredità dei leggendari palombari viareggini. La Sorima non era rimasta a guardare, e aveva armato una nuova nave, il *Maurètaine*, un peschereccio della Newfoundland Banks[432], ormai in disuso.

Il nuovo *Artiglio* era una nave più grande della precedente, ma non potevo crederlo quando lo vidi per la prima volta [...]. Non ho idea di quanto Quaglia potesse aver pagato il Maurètaine, ma non poteva essere un buon affare, a giudicare dal suo aspetto. Era più o meno tutta color ruggine [...]. I lati erano rossi e plumbei e verdi con chiazze di ruggine e vecchia vernice.[433]

Non esattamente un bel vedere ma, una volta sistemata, si presentava nettamente migliore.

Il nuovo *Artiglio*, battezzato inizialmente *Artiglio II*, lasciò Saint-Nazaire diretto a Brest il 4 maggio 1931. Fu mantenuto il nome *Artiglio* per espressa richiesta dell'equipaggio che voleva così onorare e ricordare i compagni scomparsi.

Il nuovo equipaggio era composto da uomini del *Rostro*, come il capitano Carli, insieme ai

429 D. Scott, Con i palombari dell'Artiglio, cit. p. 324.
430 B. Giannaccini, L'Artiglio, cit. p. 56.
431 S. Micheli, L'Artiglio ha confessato, cit. p. 284.
432 D. Scott, The Egypt's gold, Penguin Book Limited, Paulton-London, 1932, cit. p. 13.
433 Ivi, cit. pp. 13-14.

superstiti della tragedia. Nuovo capopalombaro era Mario Raffaelli. Secondo e terzo erano rispettivamente Fortunato Sodini e Giovanni Lenci[434].

Mentre il nuovo *Artiglio* si preparava alla sua prima uscita, in un momento di entusiasmo generale, una nuova tragedia sembrò colpire la Sorima: nella notte tra il 5 e il 6 maggio, il *Raffio* era affondato nel canale della Manica.

Il *Raffio* aveva lasciato Brest per dirigersi a Guernesey a lavorare sul relitto del *Jeanne Marie*. Lungo la strada, presso l'isola di Sark[435], forse per la stiva troppo carica, nel mare agitato, si era capovolto[436]. Un fuochista rimase ucciso nella disgrazia.

L'incidente fu, in ogni caso, declassato dal Quaglia come *un incidente di cui ridere*[437]. Se non fosse stato per il povero fuochista, non sarebbe neanche stato un problema. Infatti il commendatore, con l'assicurazione del *Raffio*, acquistò subito un'altra vecchia imbarcazione, e la rinominò allo stesso modo della precedente. Era come se non fosse successo niente, il *Raffio* era ancora operativo.

Il 24 maggio, data simbolica per la storia d'Italia, soprattutto in un periodo come quello, è il giorno che segna il ricominciare delle operazioni sul relitto dell'*Egypt*. L'*Artiglio* lasciò Brest quel giorno, diretto alle boe di segnalazione del rottame. Per prima cosa le sostituirono con ancoraggi più pesanti, in grado di resistere al tempaccio atlantico.

Si dovette però aspettare il 6 giugno perché il relitto fosse rintracciato.

Il lavoro sarebbe consistito, d'ora in avanti, nell'aprirsi un varco nel ponte fino alla *bullion room*, letteralmente la stanza dei lingotti, a colpi di mine. Sarebbe stato un lavoro lungo ed estenuante: ogni volta serviva un'infinità di tempo per prima piazzare le cariche, farle esplodere, aspettare che l'acqua tornasse limpida e la visibilità ottimale e poi agganciare con la benna le parti del relitto da eliminare. Ovviamente tutto questo alla cieca: il palombaro, all'interno della torretta, poteva solo guidare la gru che stava 130 metri sopra per farle piazzare le cariche nell'esatta posizione.[438]

Le mine erano costituite da tubi metallici di dieci centimetri di diametro, per trenta di lunghezza, ripieni di una sostanza che a prima vista si poteva scambiare col sego. Un'estremità del tubo era chiusa, mentre l'altra veniva tappata con vaclite[439], una volta sistemato il detonante al cavo elettrico. I due tubi era no poi assicurati a una lunga asta di legno per agevolare la sistemazione della mina nel punto indicato dal palombaro.[440]

Al termine della giornata di lavoro, l'*Artiglio* se ne stava ancorato ad una boa. Ancora una volta il timore più grande era di fare la stessa fine dell'*Egypt*. Spesso la nave si trovava, infatti, immersa nella nebbia, su una rotta molto trafficata. Questo, rimanere ancorati alla boa, si rivelò essere la scelta migliore, piuttosto che tentare una navigazione alla cieca (come pure fu fatto) e rischiare di essere travolti ogni volta da navi di passaggio.

Il lavoro di rimozione dei ponti continuò senza tregua fino a dicembre. Il 2, giorno di termine dei lavori per la stagione, la maggior parte di essi era stata rimossa.

Il 7 ricorreva il primo anniversario dell'incidente dell'*Artiglio I*.

---

434 B. Giannaccini, L'Artiglio, cit. p. 58.
435 Piccola isola nel canale della Manica, dipendente dal comune di Guernesey.
436 D. Scott, The Egypt's gold, cit. pp. 24-25.
437 Ivi, cit. p. 26.
438 B. Giannaccini, L'Artiglio, cit. pp. 58-59.
439 Cera di paraffina.
440 S. Micheli, L'Artiglio ha confessato, cit. p. 310.

I lavori ripresero nel maggio del 1932. Il soffitto della *bullion room* fu finalmente rimosso. Subito fu calata la benna, adattata al recupero di lingotti e monete dalla *Demag Aktiengesellschaft* di Duisburg in Germania[441], che cominciò a lavorare a pieno regime.

Il primo recupero consisteva in migliaia di cartucce da caccia, deformate dalla pressione, insieme ad alcuni fucili che recavano sul calcio una placchetta d'oro con le iniziali M.B.S.[442] sormontate da una corona principesca.[443]

Assieme alle armi però vennero a galla anche delle tavolette di legno con delle iniziali stampate sopra: HH, AL, HH5, HH6, TV[444]. Cosa mai potevano essere?

Mister Beck, a bordo dell'*Artiglio*, come da contratto, sfogliò assieme al Quaglia il dossier dell'*Egypt*, quello con l'elenco del carico completo della nave al momento del naufragio.

I lingotti erano confezionati in piccole cassette di legno!

Esaminato l'interno delle assi con la lente d'ingrandimento, esse riportavano evidenti tracce di oro. Era ormai vicinissimo!

Vennero a galla anche pacchi di banconote da 5, 10 e 100 rupie, in ogni caso di nessun valore, data l'assenza della firma del Governatore indiano.

Mancava solo lui, il tesoro. Dov'erano i lingotti?

Cominciava ancora una volta ad insinuarsi il dubbio: queste merci non erano segnate nel dossier. Era possibile che i palombari avessero sbagliato i calcoli e non si fossero aperti la strada verso la *bullion room*, ma verso un'altra stiva di carico.

Ma Quaglia non dubitava delle capacità dei suoi uomini. Era sicuro che quella fosse la *bullion room*. E aveva perfettamente ragione.

La benna sorse dal mare, versando una cascata di acqua argentea. Oscilla alta sulle nostre teste, inzuppando gli uomini, incuranti, fino alle ossa. Appena la custodia esterna si apre e la benna viene giù, vediamo il solito miscuglio di detriti tra le sue mascelle. Si aprirono con un crepitio. Tra il fango e il legno e la carta, due mattoni di un giallo fiammante caddero sul ponte con un doppio tonfo. Giacevano scintillando, mentre un grande urlo scoppiò dagli uomini dell'*Artiglio*.

"Lingotti! Lingotti! Oro! Oro, ragazzi!"[445]

L'oro. L'oro era stato trovato.

Subito però il pensiero andò ai compagni caduti nell'impresa. Ad Alberto Gianni, ad Aristide Franceschi, ad Alberto Bargellini. E a tutti gli altri.

Quaglia si toglie il berretto; gli uomini lo imitano. Sapevano cosa stava per accadere. Stavano a capo chino quando lui comincia a parlare, con voce rotta dall'emozione.

"*O ragazzi*: a questo punto, quando il successo ha coronato la nostra impresa, uniti come sempre [...], non vi farò un discorso. L'*Artiglio* è una nave il cui motto è "fatti, non parole".

Vi parlo solo per dire, a tutti voi, chiniamo le nostre teste per un minuto e pensiamo ai nostri amati morti; loro sono con noi adesso, a condividere la nostra gioia e il nostro orgoglio".[446]

Quaglia non perse tempo, e informò il ministro Galeazzo Ciano della piena riuscita dell'impresa:

---

441 B. Giannaccini, L'Artiglio, cit. p. 60.
442 Mohinder Bahadur Singh, il Maharajah indiano di Paitala (nel Punjab), destinatario delle armi.
443 B. Giannaccini, L'Artiglio, cit. p. 60.
444 S. Micheli, L'Artiglio ha confessato, cit. pp. 384-385.
445 D. Scott, The Egypt's gold, cit. p. 234.
446 Ivi, cit. pp. 235-236.

Giunga a V.E., maestro di ogni ardimento sul mare, il primo squillo di vittoria dalla nostra radio. In questo momento al grido di "Viva l'Italia" salgono sulla tolda dell'*Artiglio* i primi lingotti d'oro strappati all'*Egypt* a 130 metri di profondità.
[...] pur desiderandolo ardentemente, non osiamo comunicare direttamente la notizia al Duce: ma le saremo grati, e ne saremo orgogliosi, se V.E., ritenendolo opportuno, vorrà farlo per noi.[447]

Il Duce fu il primo a congratularsi, seguito da altre autorità della dittatura. Anche il presidente dei *Lloyds*, Percy Mackinnon, volle complimentarsi con gli uomini della Sorima.
L'impresa era stata compiuta, a dispetto di tutti quanti dicevano che non si sarebbe mai potuto trovare l'*Egypt*, figuriamoci recuperarne l'oro.

▲ Il timone della nave Artiglio affondata il 7 dicembre 1930 nella baia di Quiberon in Francia

---

447 B. Giannaccini, L'Artiglio, cit. p. 67.

Ho avuto il piacere, l'onore, di venire a conoscenza di questa storia. Non mi sarei mai aspettato che mi avrebbe coinvolto così tanto. Non poche volte mi sono commosso, ascoltando i racconti di chi ha fatto del mantenimento della memoria di questi gloriosi fatti la propria ragione di vita. Mi sono commosso leggendo di loro, addirittura stendendo questo lavoro.

È stata una delle esperienze più intense della mia vita. Lo vedo come motivo di orgoglio poter contribuire a che l'*Artiglio*, il *Rostro* e il *Raffio*, con i rispettivi leggendari equipaggi non vengano dimenticati. È troppo importante mantenere viva la memoria.

La storia dei palombari viareggini, fierezza della città, e non solo, le loro imprese, sono per l'Italia un bagliore di luce nel buio del ventennio fascista.

Gli uomini straordinari esistono in tutte le epoche. E sarà sempre così.

▲ Uomini straordinari....

▲ I palombari dell'artiglio sempre dalla magica penna di Achille Beltrame per la Domenica del Corriere

BIBLIOGRAFIA

-Piero Melograni, *Gli industriali e Mussolini, rapporti tra Confindustria e fascismo dal 1919 al 1929*, Albairate (MI), Longanesi & C. Editore, 1980.
-David Scott, *Con i palombari dell'Artiglio*, Massarosa (LU), Marco del Bucchia Editore, 2015.
-David Scott, *The Egypt's Gold*, Paulton-London, Penguin Books Limited, 1932.
-Silvio Micheli, *L'Artiglio ha confessato*, Massarosa (LU), Marco del Bucchia Editore, 2012.
-Boris Giannaccini, *L'Artiglio, epopea della palombaristica viareggina*, Viareggio (LU), Pezzini Editore, 2014.
-Boris Giannaccini, *Storia da non dimenticare*, Viareggio (LU), Pezzini Editore, 2011.
-Boris Giannaccini, *La leggenda dell'Artiglio*, a cura di Fabio Flego, in *I quaderni della Torre viareggini*, Viareggio (LU), Pezzini editore, 2007.
-Boris Giannaccini, *Alberto Gianni, capopalombaro dell'Artiglio*, a cura di Fabio Flego, in *I quaderni della Torre viareggini*, Viareggio (LU), Pezzini editore, 2011.
-Boris Giannaccini, *Nasce la So.Ri.Ma., fra cronaca e storia*, a cura di Fabio Flego, in *I quaderni della Torre viareggini*, Viareggio (LU), Pezzini editore, 2012.
-Boris Giannaccini, *Le darsene viareggine*, a cura di Fabio Flego, in *I quaderni della Torre viareggini*, Viareggio (LU), Pezzini editore, 2013.

SITOGRAFIA

http://www.naviecapitani.it/Navi%20e%20Capitani/LE%20NAVI%20DELLA%20GRANDI%20IMPRESE/SORIMA/SoRiMa.html, 2016 - sito della cultura marinara, Storie di navi, Armatori e Imprese Marittime Italiane.
http://archivio.camera.it/patrimonio/archivio_della_camera_regia_1848_1943/are010/documento/CD0000003989, 2016.
http://cyberneticzoo.com/underwater-robotics/1914-diving-armour-neufeldt-and-kuhnke-german/, 2014 – sito per appassionati del mondo sottomarino.
http://www.therebreathersite.nl/12_Atmospheric%20Diving%20Suits/1913_Neufeldt_und_Kuhnke/1913_Neufeldt_und_Kuhnke.htm, 2009. – sito olandese specializzato in tecniche ed attrezzature subacquee.
http://www.quirinale.it/elementi/DettaglioOnorificenze.aspx?decorato=287917, 2016.
http://www.antinori.it/it/passione-in-evoluzione/a-mag/categories/154/2015, 2015. – sito fiorentino su cui ho trovato informazioni sul Carro matto.
http://www.maestrodasciacappellari.it/corsi.html, 2016. – sito sul mestiere del Maestro d'Ascia.
http://www.codecasayachts.com/codecasa/storia/, 2015. – sito dei cantieri navali Codecasa.
http://www.codecasayachts.com/wp-content/uploads/2014/04/barche-intervista-fulvio-ita.pdf, 2014.
http://www.marina.difesa.it/formazione-in-marina/formazione_specialistica/ilgos/Pagine/Storia.aspx, 2016.
http://www.bombolari.it/Immersiolano/Default.asp?id_versione=200&Ct=Area.asp&Area=156, 2016. – sito per appassionati di immersioni.

http://www.bombolari.it/Immersiolano/Default.asp?id_versione=200&Ct=Art.asp&Area=156&Arg=297&Art=1261, 2016.

http://www.bombolari.it/Immersiolano/Default.asp?id_versione=200&Ct=Art.asp&Area=156&Arg=297&Art=1264, 2016.

http://www.bombolari.it/Immersiolano/Default.asp?id_versione=200&Ct=Art.asp&Area=156&Arg=297&Art=1261, 2016.

http://www.bombolari.it/Immersiolano/Default.asp?id_versione=200&Ct=Art.asp&Area=156&Arg=297&Art=1262, 2016.

http://www.bombolari.it/Immersiolano/Default.asp?id_versione=200&Ct=Art.asp&Area=156&Arg=297&Art=1264, 2016.

http://www.areamarinasinis.it/it/sinis-rev-1/ambiente/le-piccole-isole/il-catalano/index.aspx?m=53&did=1794, 2016. – sito dell'area marina protetta della penisola del Sinis e dell'isola di Mal di Ventre.

http://digilander.libero.it/lariana/Flotta/Flotta%20Storica/Lecco.htm, 2016. - blog sul sito http://www.libero.it/.

http://radicilariane.blogspot.it/2012/09/normal-0-14-false-false-false.html, 2016. – sito che accoglie testi, racconti e descrizioni di ricordi personali e di tradizioni lariane, fino agli anni ottanta del secolo scorso.

http://www.agenziabozzo.it, 2016 – sito di archivio di navi storiche.

http://www.lookandlearn.com, 2014 – sito di storia, immagini e biblioteca.

http://www.bretagna-vacanze.com, 2016.

http://www.wrecksite.eu, 2014 – sito di archivio di naufragi e relitti.

http://www.quartierelafilanda.it, 2007. – sito del quartiere la Filanda di Vicenza, dove ho trovato una storia di Tomaso dal Molin.

http://navemincio.blogspot.it/2010_12_01_archive.html, 2010, - sito di riferimento per il *Mincio*, il battello usato dai palombari come supporto nelle operazioni a Desenzano.

http://www.guardiacostiera.gov.it

▲ L'Artiglio

SOLDIERSHOP PUBLISHING
STORIA